基礎日本語

◆ 內容包括：使役助動詞、受身助動詞、
　　　　　　可能助動詞、自發助動詞等。

修訂版

趙福泉／著

適　用
初・中級

助動詞

笛藤出版
Dee Ten Publishing Co., Ltd.

前　言

本書是講解日語口語文法助動詞的書籍，是學習日語必備的參考書，供稍有日語基礎的讀者使用。本來在一般日語文法書裡都有助動詞這一章節的，不過這些章節多只介紹助動詞的一些基礎知識，如助動詞的分類、各種助動詞的活用、變化等，對更深入一步的用法，如助動詞之間的類似用法（如：らしい與ようだ、助動詞らしい與接尾語らしい等）、助動詞一些較難解釋的問題（如：**僕は鰻だ**）以及台灣人學習日語助動詞上存在的困難往往有所忽略。本書為了使讀者的學習更深入一步，對日語助動詞中上述一些較深入的問題做進一步的說明，同時結合台灣人學習日語的特點，分析常出現的一些錯誤，特別針對其進行講解，以便讀者能更容易地掌握助動詞的用法。

本書在最前面的總說中，概括地說明了助動詞的概念、特徵及分類，接著按助動詞的類別逐類進行說明。全書有十五章，每一章是一種助動詞，但由於需要說明的問題有多有少，所以有的章節篇幅長一些，有的則短一些。全書的最後附有索引，按あいうえお順序編出了

本書出現過並做了說明的助動詞及助動詞構成的句子。在個別章的標題下面，寫有（附）這

個字，它表示附帶說明的問題，其中有的是用在口語裡的文語助動詞，有的是與該章助動詞

意義相同的、有助動詞作用的慣用型。這些慣用型多是常用的，必須掌握住。在說明解釋方

面，除了正面闡述外，有時還舉出錯誤例句，加以分析以利讀者借鑑，不犯類似的錯誤。另

外也與中文做了適當的對比，指出中日文之間的異同，以便讀者能更好的掌握。本書所用的

文法用語，由於日語譯成中文後會出現許多不同的說法，容易讓人產生誤解，因此本書仍沿

用了日語學界使用的說法，如：**受身助動詞、丁寧助動詞、自發助動詞**等，沒有翻譯成中

文。這樣的方式讓讀者在閱讀其他日語的文法書籍時，也提供了方便的條件。

最後，由於篇幅有限有些問題若解釋的不夠深入或有不恰當的地方，也歡迎讀者諒解並

給予指正。

編　者　趙福泉

基礎日本語　助動詞

總

說

日語裡助動詞是什麼樣的詞？簡單地說，它接在動詞（個別也接在形容詞、形容動詞或名詞）下面，增添某種意義，而且有形態變化（少數沒有）。如：

○孫さんがもっと早く来るだろう。／孫先生來得更早吧！

○私ももっと早く来よう。／我也更早點來吧！

上述兩個句子本來用孫さんがもっと早く来る、私ももっと早く来る都可以構成句子，表達完整的意思，但在這些句子下面分別接用了だろう、よう，表示說話者的陳述，即說話者的推量或意志，這裡的だろう、よう都起了語法作用，這種起語法作用的だろう與よう都是助動詞。再如：

○学生は四五人も先生に褒められた。／學生有四、五人受到了老師的表揚。

○孫さんは褒められなかった。／孫先生沒有受到表揚。

上述兩個句子中的第一個句子在褒める下面接用られ然後再在下面接用了た；後一個句子在褒める下面接用了られ然後再接用了ない，又在最後接用了た，這兩個句子裡的られ、ない都增加了一定的意思，而た則起了一個語法作用，表示動作的過去。這兩個句子裡的られ、な

かっ（ない）、た也都是助動詞。

① 助動詞的分類

從各個不同的角度，可以做成下列不同的分類：

①意義上的分類

1 使役助動詞　せる、させる（附）しめる

2 受身助動詞　れる、られる

3 可能助動詞　れる、られる

4 自發助動詞　れる、られる

5 尊敬助動詞　れる、られる

6 否定助動詞　ない、ぬ

7　希望助動詞　たい、たがる

8　指定助動詞　だ、です

（附）である、であります

9　傳聞助動詞　そうだ、そうです

（附）ということだ、という話(はなし)だ、というのだ、という

10　比況助動詞　ようだ、ようです、みたいだ、みたいです

（附）ごとし

11　樣態助動詞　そうだ、そうです

12　推量助動詞　らしい

（附）べきだ、べきです

13　意志助動詞　う、よう、まい

14　過去助動詞　た（だ）

15　丁寧助動詞　ます

2 從活用形上進行分類

1 動詞型　れる、られる、せる、させる

2 形容詞型　ない、たい、らしい

3 形容動詞型　そうだ、ようだ、だ

4 特殊型　ます、です、た、ぬ（ん）

5 無活用型　う、よう、まい

3 從接續關係上進行分類

1 接未然形下面　れる、られる、ない、ぬ、う、よう

2 接連用形下面　たい、た、ます、そうだ（樣態）

3 接終止、連體形下面　そうだ（傳聞）、らしい、まい、ようだ

4 接體言下面　だ、です

② 助動詞的特點

從以上分類的情況來看，它們的特點有幾點是相同的。即：

① 任何一個助動詞都不能獨立使用

只有接在動詞（個別的接在形容詞、形容動詞或名詞）下面才能使用，這點和中文完全不同，相當於這些助動詞的中文，一般都是在動詞前面使用的，而日語裡則在動詞的下面使用。

例如：

○子供が叱られた。／孩子受到了責罵。

○日本の映画が見たい。／我想看日本電影。

像上面句子這種**被責備**、**想看**，在日語分別是叱（しか）られた、見（み）たい，中文和日語的語序是不同的。

② 它們和動詞、形容動詞一樣，也有形態變化

但它們不像動詞那樣有六種變化，只有其中幾種。如**想看**、**不想看**分別要用見（み）たい、見（み）たくない，也就是**想看**的**想**要用たい，**不想**的**想**要用たく，其他助動詞也多是如此有變化的。

③ 助動詞之間的接續關係

如前所述，每個助動詞接在動詞（個別為形容詞）的某個活用形下面都是一定的。而助動詞之間的接續關係也是一定的。請從下面的例句中看一看它們之間的關係。

○ 君（きみ）も酒（さけ）を飲（の）ませられたくないだろう。

從這一個句子可以知道有關助動詞的接續關係。

酒（さけ）を飲（の）む　　①動詞

せる　②使役助動詞

　　　　＋

　　　←

せられる　③受身助動詞

　　　　＋

　　←

られたい　④希望助動詞

　　　　＋

　←

たくない　⑤否定助動詞

　　　　＋

　←

ないだないだ　⑥指定助動詞

　　　　＋

　←

だろう　⑦意志助動詞

　　　　＋

　←

從這一句的順序可以知道，它們的順序中文幾乎完全相反。這個句子譯成中文則是：

你也不⑤願④意讓③人家②灌①酒吧⑥⑦。

再看一看接在名詞下面的助動詞之間的接續關係。例如：

○大村さんは元東大の教授だったそうだ。

它們的接續關係是：

東大の教授　①名詞

だ　　②指定助動詞
←
　　　　　　＋

だった　③過去助動詞
←
　　　　　　　＋

たそうだ　④傳聞助動詞
←
　　　　　　　　＋

它們的語序也和中文相反。這個句子譯成中文則是：

聽說④大村老師從前③是②東大教授①。

從上述兩個句子可以知道：中文在最上面的助動詞譯成日語時往往放在最下面，日語在下

面的助動詞譯成中文時，往往顛倒到最上面去。

再看一看下面的句子：

〇誰也不⑤願意④挨③罵①啊⑥⑦！／
誰だって叱①られ③たく④ない⑤だ⑥ろう⑦

〇聽說④奈良也是②以前③日本的古都①。／
奈良も日本の古い都①だ②った③そう④だ。

總之助動詞之間的接續關係，它們的位置和中文意義相同的助動詞的位置，多是相反的，這是值得注意的。

我們從上述助動詞的分類中可以知道，助動詞從接續關係來進行分類有四類；從活用情況來分類也有五類，這樣助動詞大多數特點是不同的，除了上述兩三項外，沒有共同特點，每一個助動詞有每一個助動詞的用法，即將在各章結合用法加以闡述。

下面就各個助動詞作進一步分析。

第一章　使役助動詞せる、させる

① 使役助動詞的接續關係及其意義、用法

① 「せる」、「させる」的接續關係

せる、させる是口語裡常用的使役助動詞，其中せる接在五段活用動詞未然形下面，させる接在上下一段動詞、カ變動詞、サ變動詞的未然形下面，構成**使役態**，或稱**使動態**。其中サ變動詞下面用～せさせる，約音成為させる。例如：

動詞	後接使役助動詞	約音形態
読（よ）む	→読（よ）ませる	
行（い）く	→行（い）かせる	
起（お）きる	→起（お）きさせる	

食べる　→食べさせる

来る　→来させる

する　→せさせる

運動する　→運動せさせる

→させる

→運動させる

及出来る、読める、行ける等表示可能的動詞都不能在下面接せる或させる。

但有些動詞則不能在下面接せる、させる、如見える、聞こえる、要る、向く、似合う以

② 「せる」、「させる」的活用

せる、させる構成使動態後，接下一段活用動詞變化。

★終止形　用せる、させる来結束句子或後接し、が、けれども、から、と等助詞以及そうだ（傳聞助動詞）等。

○早く弟を起きさせる。／讓弟弟早點起來。

○学生に調べさせるとすぐ分かった。／讓學生自己一查立刻就懂了。

★未然形　用せ、させ①後接ない表示否定；②後接よう表示意志、推量。

○反対意見を述べさせないのはよくない。／不讓人發表反對意見並不恰當。

○もう六時だから学生を帰らせよう。／已經六點了，讓學生回去吧。

★連用形　用せ、させ，後接用言以及助詞て、ても、ては、たり以及助動詞た、ます等。

○ご意見があったら、是非聞かせて下さい。／如果有意見的話，務必讓我知道。

○問題は必ず明らかにさせます。／請務必讓我弄清楚問題的真相。

★連體形　用せる、させる來修飾體言，後接のに、ので。

○学生たちに十分復習させることが必要だ。／有必要讓學生好好複習。

○彼に行かせるのに、彼はどうしても行かなかった。／我讓他去他卻怎樣都不肯去。

★假定形　用せれ、させれ後接ば表示假定。

○私に言わせれば、そのやり方は根本的に間違っている。／

要讓我說的話，我認為那種做法根本上就是錯的。

★命令形　用せろ、せよ、させろ、させよ。

○彼にやらせれば、きっとうまくやれるだろう。／如果讓他做的話，他一定能做得很好。

○自分の意見を述べるばかりでなく、人にも意見を言わせろ。／

不要光自己發表意見，也要讓別人發表意見。

③ **使役句的構成及意義**

1 **使役句的構成：**

使動者Ａは 使動對象Ｂを…動詞せる。
**　　　　　　　　　　　　　　　が　　　　　させる。**

它表示Ａ使Ｂ做某種活動、動作，相當於中文的**使**、**讓**、**叫**等。

○先生が学生に毎日日記をつけさせる。／老師讓學生每天寫日記。

○父は私を登山に行かせない。／父親不讓我去爬山。

○母は 妹 に和服を着させる。／母親讓妹妹穿和服。

○用事があったら私に来させてください。／有事的話，請讓我來。

○父は 弟 に医科大学の入学試験を受けさせた。／父親讓弟弟參加了醫大的入學考試。

從上面幾個句子可以知道：使動者（也有人稱為施動者）和被動對象都是有情感的並且多是人，也就是某人使另一個人進行某種活動、動作。

雖不是很多但也有下面這種例外情況：

有時使動者是人，而被動對象不是人，這時動詞的使動態起一個他動詞的作用。例如：

○人間も雨を降らせる事ができるようになった。／人類也能夠（人工）降雨了。

○一本の木にあまり多くの実をならせると、大きな実がならない。／

讓一棵樹上結過多的果實，那果實是長不大的。

上述兩個句子，使動者是人，而使動對象則是沒有情感的物體。

擬人化的說法有時使動者、被動對象都可以用沒有感情的物體。這雖然是西方語言的表達

方式，但現在日語裡也廣泛地出現。例如：

○夏の酷暑は伝染病を発生させた。／夏天的高溫使傳染病傳開了。

○熱が物体に入れば、温度をあげ、体積を膨張させる。／

熱一傳入物體，會使物體的溫度昇高，體積膨脹。

2　使役句的意義

從上面一些例句中可以了解使役態的大致意思，但仔細分析起來，它們有下列的不同：

① 表示指使對方並強制對方進行某一活動，這是最基本的用法。

○ 父は毎日子供に字を練習させる。／父親每天讓孩子練習寫字。

○ 母は嫌がる子供に無理に食べさせる。／母親硬逼不愛吃飯的孩子吃飯。

○ 先生は悪戯をした子供を立たせた。／老師讓淘氣的孩子罰站。

② 表示使役對象作出主語所希望的動作，但它與①不同，不是強制的。可適當地譯成中文。

○ 人工的に雨を降らせる。／人造雨。

○ お世辞を言って彼女を喜ばせた。／說些奉承話來討好她。

③ 表示主語允許默認或放任使役對象進行的動作、活動。可根據前後關係譯成中文。

○ 父は兄の意見を入れて日本に留学させることにした。／

父親接受哥哥的意見，讓他到日本留學去了。

○ 誰にでも勝手に使わせるわけにはいかない。／不能讓人隨便使用。

○ 言わせておけて決りがない。／讓他說起來就沒完沒了。

常用的～させてくれ、させて下さい、させていただけませんか等表現形式，也屬於這種用法，表示請求對方允許自己進行某種活動。相當於中文的**請讓我**…。例如：

○その事は是非とも私にやらせて下さい。／那件事，無論如何請讓我做！

○私に少し説明させていただけませんか。／請讓我稍稍説明一下！

② 使役對象下面用助詞「に」與用「を」的關係

從上面一些例句中，可以看到在使役對象下面，有時用に，有時又用を，那麼什麼時候用に，什麼時候用を呢？例如：

○子供を歩かせる。／讓孩子走路。
○子供に歩かせる。／讓孩子走路。

像這樣兩個句子都通，但是用に還是用を有什麼不同呢？概括起來有以下幾點不同：

① 「せる」、「させる」所接的動詞是自動詞時

1 大多數情況下用「～を～せる」、「～を～させる」。

○いろいろな問題を出して相手を困らせた。／提出了許多問題，令對方很為難。

○お世辞を言って相手を喜ばせた。／說了許多好聽話取悅對方。

○わあっと叫んで母を驚かせた。／「哇」地喊了一聲，讓媽媽嚇了一跳。

○彼を怒らせてはいけない。／不要惹他生氣！

○とうとう雨を降らせる事が出来た。／終於造雨成功了。

○二月に桜を咲かす事が出来た。／讓櫻花在二月開花了。

但也有下面這樣自動詞下面用に而不用を的情況。在移動動詞所構成的使役句裡，移動動詞雖多是自動詞，但由於它們多用を表示移動的場所或離開的地點，再用を則出現重複現象，所以這時一般用に。

○皆が私に四百メートルを走らせる事にした。／大家決定讓我跑四百公尺。

○通行人に右側を歩かせなさい。／讓行人走右側。

○おととい、彼らに台湾を離れさせた。／前天讓他們離開台灣。

有一些慣用語表現形式，一般也用に。例如：

○私に言わせれば君は正しくないのだ。／要我說的話，你是錯的。

2 所接的自動詞是某些意志動詞時，如「行く」、「歩く」等，既可以用「を」，也可以用「に」，兩者表示的意思稍有不同。

○父は兄を行かせた。／父親讓哥哥去了。

○父は兄に行かせた。／父親讓哥哥去了。

用～を行かせる時，表示不管哥哥願意不願意去，父親命令哥哥去；用～に行かせる時則表示父親允許哥哥去。至於下面這樣的句子：

○母親は子供を歩かせる。／母親讓孩子走路。

○母親は子供に歩かせる。／母親讓孩子走路。

用～を歩かせる表示不管孩子願意與否，母親拉著孩子往前走；而用～に歩かせる時，則表示母親允許孩子往前走。再比如：

○病気になったかもしれませんから、彼を休ませてください。／今天讓他不要上學了。

○今日彼に学校を休ませてください。／今天讓他不要上學了。

他也許生病了，叫他不要去上學了。

上述兩個句子用を時，不管他怎麼說，都要讓他休息；後一句用に則是允許他休息。從上

述例句中可以知道，用を時多少含有強制的意思，而用に時只表示允許這樣做。

② 「せる」、「させる」所接的動詞是他動詞時

在絕大多數的情況下用～に～せる、～に～させる。例如：

○生徒たちに教室を掃除させる。／讓學生們打掃教室。

○母は娘に料理をこしらえさせる。／母親讓女兒做飯菜。

○母は嫌がる子供に無理に食べさせる。／母親硬讓不愛吃飯的孩子吃飯。

○若い人に荷物を運ばせる。／讓年輕人搬行李。

○彼女に綺麗な着物を着させる。／讓她穿上漂亮的和服。

使役助動詞用を構成的慣用句，則不再改用に，仍用を。例如：

○一人で四人家族を食わせるのは容易な事ではない。／

一個人養活一家四口是不容易的。

上述句子裡的家族を食わせる是固定的慣用句，只能這麼說，不能改動。

3 動詞的使役形與動詞的關係

1 五段自、他動詞的使動態與同形他動詞的關係

五段活用的自、他動詞，下面接せる構成的使動態，可以進一步轉化為以〜す結尾的他動詞，這一些他動詞，都含有使動態所表示的意思，一般與同形動詞的使動態意思、用法基本相同，大多數的情況下，可互換使用。

動詞	同動詞使役形	同形他動詞
言う	→言わせる	→言わす
急ぐ	→急がせる	→急がす
驚く	→驚かせる	→驚かす

上述動詞的使動態與同形的他動詞，意義用法基本相同，在一般情況下基本上可互換使

飲む　↓飲ませる　↓飲ます
食う　↓食わせる　↓食わす
困る　↓困らせる　↓困らす
喜ぶ　↓喜ばせる　↓喜ばす
立つ　↓立たせる　↓立たす
騒ぐ　↓騒がせる　↓騒がす

用。例如：

○彼は新紀録をつくって人々を驚かした。（○驚かせた）／

他創造了新紀錄，令人們感到震驚。

○彼は色々な問題を出して先生を困らした。（○困らせた）／

他提出各種各式各樣的問題，讓老師很為難。

以上句子裡的使動態的使動對象多是一些有情物、人，但個別時候也有無情物，這是擬人化的說法。例如：

○色々実験をしてみてとうとう雨を降らす（○降らせる）事が出来た。／

做了各種試驗，終於（人工）降雨成功了。

但使動對象是無情物時，特別是用他動詞構成的慣用語時，大多數情況下，只能用他動

詞，而不能用動詞的使動態。例如：

○腹をすかして（×腹をすかせて）食事を待っている。／餓著肚子在等著吃飯。

○それは九十年代における世界を揺るがした（×揺るがせた）大事件だった。／

那是在九〇年代震撼世界的大事件。

○下宿では一日おきに風呂を沸かす（×風呂を沸かせる）。／

我的宿舍每隔一天燒一次洗澡水。

② 自動詞的使動態與（這一）自動詞相對應他動詞的關係

例如：

自動詞	自動詞使動態	相對應的他動詞
立つ	→立たせる	→立てる

詞意思大致相同，但使用的場合不同。據森田良行教授解釋：

上面所舉的例句立たせる與立てる、並ばせる與並べる等，即自動詞的使動態與同形他動

逃げる	→逃げさせる →逃がす
隠れる	→隠れさせる →隠す
直る	→直らせる →直す
倒れる	→倒れさせる →倒す
通る	→通らせる →通す
固まる	→固まらせる →固める
並ぶ	→並ばせる →並べる

1 動作對象是無情物時，這時的述語一般用他動詞，而不用自動詞させる。例

如：

○机を並べる（×並ばせる）。／擺放桌子。

○旗を立てる（×立たせる）。／豎起旗幟。

○インキ瓶を倒す（×倒れさせる）。／把墨水瓶打翻。

○病気を直す（×直らせる）。／治病。

但在特殊情況下，為了突出動作對象，有時也像下面這樣用自動詞させる。

①用他動詞時，表示一般的情況；而用自動詞使動態，即用自動詞させる時，則表示作了

一般情況難以做到的、不大可能實現的事情。例如：

○一行は山の頂に国旗を立てた。／一行人在山頂上豎起了國旗。

○コロンブスが玉子を立たせた。／哥倫布讓雞蛋立了起來。

若沒有與自動詞相對應的他動詞，則只能用自動詞させる這一使動態，這時也表示想辦法

讓不大可能實現的事情實現。例如：

○お爺さんは桜の花を二月のうちに咲かせた。／老爺爺讓櫻花在二月開放了。

②用他動詞時表示進行應該進行的動作；而用「自動詞させる」時則表示不進行這樣應該

進行的動作，放置不管、任其自然。例如：

○よく踏んで土を固める。／好好踩一踩，把土踩實。

○セメントを石ころや砂や水と一緒にして固まらせる。こうしてセメント板を作る。／

将石灰和石塊、砂子、水和在一起，讓它自然凝固起來做成石灰板。

如果沒有相對應的他動詞，用自動詞させる也表示放置不管，讓它自然變化。例如：

○ご飯を腐らせてしまった。／把飯放到壞了。

2 動作對象是有情物時，這時一般用「自動詞させる」這一使動態。例如：

○生徒を立たせる。／讓學生站起來。

○生徒を並ばせる。／讓學生排隊。

但動作對象是有情物時，有時既可以用自動詞させる，也可以用他動詞，兩者意思稍有不同，用他動詞時，表示不管動作對象願意與否，強制進行這一動作、活動；而用自動詞させる時，則表示命令動作對象這麼做，而動作對象也同意這麼做。

○子供を起きさせる。／讓孩子起來。

○子供を起こす。／叫起孩子。

前一句表示不管孩子願意不願意，強迫孩子起來；而後一句則表示讓孩子起來，孩子也就自動起來。再比如：

這朋友也同意就藏了起來。

前一句表示不管朋友願意不願意，硬把朋友藏了起來；後一句則表示自己讓朋友藏起來，

○友達<ruby>友<rt>とも</rt></ruby><ruby>達<rt>だち</rt></ruby>を<ruby>隱<rt>かく</rt></ruby>す。　／把朋友藏起來。

○友達<ruby>友<rt>とも</rt></ruby><ruby>達<rt>だち</rt></ruby>を<ruby>隱<rt>かく</rt></ruby>れさせる。　／讓朋友藏起來。

可以構成這樣兩種說法的有：

○<ruby>乘<rt>じょう</rt></ruby><ruby>客<rt>きゃく</rt></ruby>を<ruby>乘<rt>の</rt></ruby>せる。　／叫客人上車。

○<ruby>乘<rt>じょう</rt></ruby><ruby>客<rt>きゃく</rt></ruby>を<ruby>乘<rt>の</rt></ruby>らせる。　／讓乘客上車。

○<ruby>乘<rt>じょう</rt></ruby><ruby>客<rt>きゃく</rt></ruby>を<ruby>降<rt>お</rt></ruby>ろす。　／叫乘客下去。

○<ruby>乘<rt>じょう</rt></ruby><ruby>客<rt>きゃく</rt></ruby>を<ruby>降<rt>お</rt></ruby>りさせる。　／讓乘客下去。

○<ruby>孫<rt>そん</rt></ruby>さんを<ruby>殘<rt>のこ</rt></ruby>す。　／叫孫先生留下來。

○<ruby>孫<rt>そん</rt></ruby>さんを<ruby>殘<rt>のこ</rt></ruby>らせる。　／讓孫先生留下來。

○<ruby>通行人<rt>つうこうにん</rt></ruby>を<ruby>通<rt>とお</rt></ruby>す。　／叫來往行人通過。

○<ruby>通行人<rt>つうこうにん</rt></ruby>を<ruby>通<rt>とお</rt></ruby>らせる。　／讓來往行人通過。

○<ruby>通行人<rt>つうこうにん</rt></ruby>を<ruby>止<rt>と</rt></ruby>める。　／叫行人停下來。

○通行人を止まらせる。／讓行人停下來。

○人を集める。／叫大家集合。

○人を集まらせる。／請大家集合起來。

○新手を加える。／叫新人參加。

○新手を加わらせる。／讓新手參加。

　上述這些短句，既可以用他動詞，也可以用自動詞させる，但表達的意思稍有不同。

4 中日文使動句的關係

1 在中文裡沒有「使」、「讓」之類的句子，但譯成日文時要譯成使動句

之所以出現這種情形，主要是由於有些動詞在中文裡，既可以做自動詞，也可以做他動詞用；而在日文裡則只能做自動詞，而不能做他動詞，這時要表達中文他動詞的意思，日語則要用自動詞させる這一使動態。這種用法台灣的日語學習者很容易搞錯，必須注意的。

○他的行為感動了許多人。／彼の行いは多くの人々を感動させた。（×感動した）。

○不用十年時間，就普及了中等教育。／十年も経たないうちに中等教育を普及させる事が出来る。（×普及する）。

○科學技術是發展當代工業不可缺少的條件。／

科学技術は現代工業を発展させる（×発展する）のになくてはならない条件である。其他如孤立する、駐屯する、武装する、陥落する、安定する等在日語裡都是自動詞，如果要做他動詞來用，都要用它的使動態來表達。

2 在中文裡有「使」、「讓」之類的句子譯成日文時，不用使動態的場合

這種情況與前一項相反，之所以出現這種情況，主要是由於兩國語言表達的不同。例如：

○皆が見えるように字を大きく書きなさい。（×見えさせるように）。／

○風が入るように窓が大きく開けなさい。（×入らせる）。／把窗戶大開，讓風吹進來。

○皆が聞こえるように大きい声で言ってください。（×聞こえさせるうに）。／

把字寫大點，讓大家都看得見！

講大聲點，讓大家都聽得見！

上述句子譯成日文之所以不用せる、させる，主要是由於兩個語言表達方式不同。

⑤ （附）しめる

它是文語使役助動詞，在現代日語裡，作為書面用語，用在文章、演講當中。

① 「しめる」的接續關係及其活用

它接在動詞未然形下面，也接在文語形容詞未然形から、文語形容動詞たる的未然形たら下面。例如：

用言	後接「しめる」
学ぶ	→ 学ばしめる
普及する	→ 普及せしめる
寒い	→ 寒からしめる

健康たる　　↓健康たらしめる

它接下一段活用動詞變化。

② 「しめる」的意義

1 接在自動詞或形容詞、形容動詞下面，起他動詞作用。例如：

○問題をかえって紛糾せしめるような発言は慎しんだ方がいい。／

最好不要做那種反而會使問題更加複雜的發言。

○彼を今日あらしめたのは先生の功に負うところが大きい。／

他之所以有今天，老師是功不可沒的。

○世を騒がしめた罪は軽くない。／製造社會動亂的罪可不輕。

○これは実に肌を寒からしめる事件である。／這實在是令人膽戰心驚的事件。

○体を健康たらしめるには十分な栄養が必要である。／

要使身體變得健康需要充分的營養。

2 接在他動詞（個別自動詞）下面，表示使別人做某種動作、活動，相當於中文的「讓」、「使」等。

○ 関係官庁に健康保険制度を再検討せしめるつもりだ。／
我打算讓相關單位將健康保險制度重新研究一下。

○ 入門してから既に二年の歳月は流れたが師匠は特に暇を与えては勉強せしめなかった。／
進入師傅門下已經過了兩年，但師傅並未特別給我時間學習。

○ 野党は党の首脳部を質問陣の第一線に立たしめるらしい。／
在野黨似乎要讓黨內領導們站在最前線向政府提出質問。

○ 平均六十点に足りないものには、卒業せしめないことになっている。／
按規定平均不到六十分的人不能畢業。

3 文語使役助動詞「しめる」和「せる」、「させる」一樣，也可以在下面接「られる」，構成「しめられる」。表示①被迫行為②可能③自發

○あの計画も一片の通知で破棄せしめられてしまった。（表示被迫行為）／

那個計畫因為一紙通知，不得不廢止了。

○中小企業の行き詰まりはお題目だけの改革では克服せしめられないんだ。（表示可

能）／中小企業的困境，並不是口頭上的改革可以解決的。

○私はこうしたやり方に一段と不快を感ぜしめられた。（表示自發）／

我對這樣的作法，不由得更感到不快。

第二章 受身助動詞れる、られる

1 受身助動詞的接續關係及其意義、用法

① 受身助動詞「れる」、「られる」的接續關係

受身助動詞也稱作**被役助動詞**，它有れる、られる。れる接在五段活用動詞的未然形下面；られる接在上、下一段活用動詞、カ變動詞、サ變動詞的未然形下面，都構成受身態（也稱作**被動態**）。其中接在サ變動詞下面時，構成～せられる，約音成為される。

動詞	後接使役助動詞	約音形態
知る_し	→知られる_し	
読む_よ	→読まれる_よ	
見る_み	→見られる_み	

② 「れる」、「られる」的活用

它按上一段活用動詞進行變化、活用。但它們只有未然形、連用形、終止形、連體形、假定形而沒有命令形。

褒める （ほ） ↓褒められる（ほ）

来る （く） ↓来られる（こ）

する ↓せられる ↓される

反対する （はんたい） ↓反対せられる（はんたい） ↓反対される（はんたい）

★ **未然形** 用れ、られ，①後接ない表示否定；②後接よう表示意志、推量。

○そんな物はあまり人々に好まれない。（もの）（ひとびと）（この）／那種東西，不太受人們歡迎。

○一部の人から反対されようが、大多数は賛成である。（いちぶ）（ひと）（はんたい）（だいたすう）（さんせい）／

★ **終止形** 用以結束句子或後接助詞と、し、が、けれども、から以及傳聞助動詞そうだ。

○李君はよく先生に褒められる。（りくん）（せんせい）（ほ）／李同學常被老師表揚。

○日本の国会が来月から開かれるそうだ。（にほん）（こっかい）（らいげつ）（ひら）／日本的國會好像是從下個月開始開會。

或許會受到部分人的反對，但是多數人是贊成的。

★連用形　表示中止或後接用言，或接て、ても、ては、たり等。

○午後二時から会議が開かれます。／從下午兩點開始開會。

○その議案は可決されそうもない。／那個提案好像不能通過。

★連體形　修飾下面的體言，或後接助詞ので、のに或助動詞ようだ。

○今度王さんは叱られたが、褒められた時もあった。／那是一本廣受讀者喜愛的書。

這次王同學受到了責罵，但過去有時也受到褒揚。

○それは広く人々に読まれる本だ。／那是一本廣受讀者喜愛的書。

★假定形　用～されれ，後接ば，表示順態假定條件。

○反対されればやめるまでだ。／如果受到人們的反對，那只能放棄了。

③ 「れる」、「られる」的用法

1 被動句的基本形式

一般構成下面一些句式使用：

（主動句）動作者Aは被動者Bに…他動詞。

（被動句）被動者Bは動作者Aに〈に／から〉…他動詞れる／られる

這是被動句的基本句式，主語多是有情物，受到施動者A動作的某種影響。相當於中文的

受、被、讓等。例如：

1　○先生はよく李君を褒める。／老師經常表揚李同學。

①　○李君はよく先生に（○から）褒められる。／李同學常被老師表揚。

2　○母は子供を叱った。／母親罵了孩子。

②　○子供は母に（○から）叱られた。／孩子受到了母親的責罵。

3　○家族も彼を嫌っている。／家裡的人也討厭他。

③　○彼は家族に（○から）も嫌われている。／他也被家裡的人討厭。

4　○皆彼を誤解している。／大家誤解了他。

④　○彼は皆に（○から）誤解されている。／他被大家所誤解。

上述句子裡1234都是主動句，而①②③④則是由1234轉化而來的被動句，兩者意

思、內容雖然大致相同，但強調的不同。主動句強調主語進行了某種活動；而被動句則強調被動者因主動者的某種動作受到了某種影響。上述被動句可以說是基本被動句。

2 句子裡帶有受詞的被動句式

主動句裡有受詞時，就算改變成被動句，句子裡仍要保留原來的受詞。它構成下列句式：

（主動句）施動者Ａが被動者Ｂに目的語を他動詞。

（被動句）被動者Ｂは施動者Ａ∧に／から∨受詞を他動詞られる。

這是被動句的基本句式，主語多是有情物，受到施動者Ａ動作的影響、損害。相當於中文的受、被、讓等。例如：

1 ○私は先生に意見を求められた。／老師徵求我徵求了意見。
　①○先生は私に意見を求めた。／我向老師徵求了意見。

2 ○観客は主演女優に花束を送った。／觀眾送花給女主角。

3 主動句裡有受詞的另一種被動句

受詞是某人身體的一部分或所屬的某一種東西時，改變成被動句的時候，受詞仍是受詞，而修飾這一受詞的某人則成為句子的主語。

看一看它們構成的句式：

（主動句）施動者Ａは被動者Ｂの所屬物Ｃを他動詞。

（被動句）被動者Ｂが施動者Ａに所屬物Ｃを他動詞れる／られる。

有時被動句的主語也是有情物，表示主語受到好處或受到影響、損害。也相當於中文的

被、讓、受（到）等。例如：

1 〇先生が李さんの作文を褒めた。／老師表揚了李同學的作文。

② 〇主演女優は観客に花束を送られた。／女主角接受了觀眾的花束。

3 〇私はあのお爺さんに道を尋ねた。／我向那位老爺爺問了路。

③ 〇あのお爺さんは私に道を尋ねられた。／那位老爺爺被我問了路。

① ○ 李さんは先生に作文を褒められた。／李同學的作文受到了老師的表揚。

2 ○ 泥棒が兄の財布を取った。／小偷偷了哥哥的錢包。

② ○ 兄は泥棒に財布を取られた。／哥哥的錢包被小偷偷走了。

3 ○ 他の乗客は私の足を踏んだ。／旁邊的乘客踩到我的腳了。

③ ○ 私は他の乗客に足を踏まれた。／我的腳被旁邊的乘客踩到了。

4 ○ 子供は（私の）家のガラスを割った。／小孩子把我家的玻璃打破了。

④ ○ 私の家は子供にガラスを割られた。／我家的玻璃被小孩子打破了。

由於這種表達方式和中文的表達方式完全不同，因此學習日語的人往往將這些句子講成下面這樣，這都是錯誤的。

① × 李さんの作文は先生に褒められた。

② × 兄の財布は掏りに取られた。

③ × 私の足は他の乗客を踏まれた。

④ × 私の家にガラスは子供に割られた。

上述句子之所以是錯誤，是因為日語的被動句，一般講是某個人得到、感受到某種影響或

損失，因此被動句的主語一般都是有情物，多是某一個人，而不好用無情物如某種東西。因此上述四個句子都是錯誤的。再比如下面這樣用無情物作主語也都是不說的。

×お酒(さけ)は皆(みんな)に飲(の)まれた。

×窓(まど)が李(り)さんに開(あ)けられた。

4 無情物作主語的被動句

如上所述，絕大多數的情況下，無情物是不能做被動句的主語的，但是在下面這種情形下有時還是可以作主語的。它是模仿西方語言的表達方式去表達的日語。它還有下面兩種情況：

①敘述自然形成的情況或事實，這時則可以用無情物作主語，有時在句子裡不會出現施動者。

它們構成下列句式：

（主動句）施動者Ａは被動者Ｂを他動詞。

（被動句）被動者Bは（施動者Bに）他動詞れる。られる

在被動句裡，施動者B往往省略，不出現在句子中。

1　〇我々は卒業試験を二月末に行う。／我們二月底舉行畢業考試。

①　〇卒業試験は二月末に行われる。／畢業考試在二月底舉行。

2　〇政府は人々の生活を改善した。／政府改善了人們的生活。

②　〇人々の生活は改善された。／人們的生活改善了。

3　〇人々は広くその本を読んでいる。／人們廣為閱讀那些書。

③　〇その本は広く読まれている。／那本書被廣泛地閱讀。

4　〇人々は公害問題を重視するようになった。／人們重視起公害問題了。

④　〇公害問題は重視されるようになった。／公害問題被重視起來了。

雖然上述1234四句也沒有錯，但是更普遍的說法是①②③④。

②要特別強調被動者某一事物時，可以用無情物作主語，並且在絕大多數情況下不提出施動者。

例如：

1 ○まもなく料理を運んできた。／過一會兒送來了飯菜。

① ○まもなく料理を運ばれてきた。／過一會兒送來了飯菜。

2 ○人々は大いにその作品を歓迎している。／人們很喜歡那個作品。

② ○その作品は大いに歓迎されている。／那個作品很受歡迎。

3 ○泥棒は鍵を壊し、室内を荒らした。／小偷破壞了鎖，把屋裡翻得一蹋糊塗。

③ ○鍵は壊され、室内は荒らされた。／鎖被砸壞了，房間裡翻得一蹋糊塗。

4 ○それを記念するために郵便局は紀念切手を発行した。／

④ ○それを記念するために、記念切手が発行された。／為了紀念它，發行了紀念郵票。

為了紀念它，郵局發行了紀念郵票。

上述句子裡用①②③④來講更顯得自然，這時施動者一般不會出現在句子中。

② 迷惑受身

迷惑受身（めいわくうけみ）譯成中文有人譯作受害被動句、打擾被動句，都不是十分合適，因此本書仍延用日語本來的稱呼，稱作**迷惑受身**，**迷惑**表示**打擾**的意思，**迷惑受身**則表示被動者由於施動者的行為、活動而受到**打擾**或受到**損害**，而出現了許多麻煩。它多是自動詞，有時也用他動詞來構成。

① 自動詞構成的迷惑受身句

它一般構成下面的句式：

（主動句）施動者Ａが（被動者Ｂ）自動詞。

（被動句）被動者Ｂが施動者Ａに自動詞**れる**。**られる**

在與一般被動句同樣的主動句裡，被動者B往往是不出現的，而在被動句裡添增了被動者即受到**打擾**、受到**損害**的人。這種表達方式由於在中文裡往往翻譯不出來，因此對台灣的日語學習者來說是比較難以掌握的。

1 ○ 忙しい時に友達が来た。／在很忙的時候，朋友來了。

① ○ 忙しい時に、友達に来られた。／在很忙的時候，朋友來了。

2 ○ 忙しい時に、皆は遊びに行った。／在很忙的時候，大家去玩了。

② ○ 忙しい時に、皆に遊びに行かれた。／在很忙的時候，大家還出去玩了。

3 ○ 何もしないのに先生は(私に対して)怒った。／我什麼也沒有做，老師卻對我生氣。

③ ○ 何もしないのに(私は)先生に怒られた。／我什麼也沒有做，老師卻對我生氣。

4 ○ 私が帰る途中に雨が降った。／我回來的時候，半路下起了雨。

④ ○ 私は帰る途中に雨に降られた。／我回來的時候，半路被雨淋了。

上述句子的①②③④更合乎日語的表達方式。

下面一些句子都是迷惑受身句，表示主語受到干擾或損害。

○彼女は一晩中子供に泣かれて、寝られなかった。／

孩子哭了一個晚上吵得她都沒有睡。

○彼女は夫に死なれてとても悲しんでいる。／她丈夫走了，很悲傷。

○彼は妻に逃げられて困っている。／他妻子跑了，很傷腦筋。

○そんな所で騒がれては困るね。／在那種地方吵鬧，真令人困擾！

○前に立たれてちっとも見えない。／前面被人擋到，什麼也看不見。

○犬に吠えられて困ったよ。／被狗一吠真不知怎麼辦才好。

○今朝まだ暗いうちに子供に起きられたもので、今日は眠くて仕方がない。／

今天早上天還沒有亮就被孩子吵醒了，今天睏得不得了。

這樣句子施動者即行動者必須是有情物，即使不是有情物也必須是具有行動能力的東西

（如雨に降られて），否則是不能用的。例如：

×昨日石に落ちられた。

×水に溺れられた。

另外雖然有雨に降られる的用法，但並沒有雪に降られる的用法。

但下面這樣具有行動能力的無情物是可以做施動者的。

○こう自動車に通られちゃかなわないね。／讓汽車這麼跑，真吃不消啊！

○山村さんは自動車にぶつかられた。／山村先生被車子撞到了。

上述兩個句子施動者都是自動車，都是受人操縱但可以自由活動的，因此可以認為是有行動能力的。

②他動詞構成的迷惑受身句

它多構成下面句式：

（主動句）施動者Ａが被動者Ｂの所屬物Ｃを他動詞。

（被動句）被動者Ｂは施動者Ａに所有物Ｃを他動詞れる／られる。

在這類與被動句同義的主動句中，被動者多半是以受詞的所有者形式出現的，而構成被

動句時，則以原來受詞的所有者作主語，原來的受詞仍作受詞來用，相當於中文的受、被、讓等。

1 ○泥棒が私のカメラを盗んだ。／小偷偷了我的相機。

①○私は泥棒にカメラを盗まれた。／我的相機被小偷偷走了。

這類被動句表示被動者受到了損害，遭受了損失。下面的句子都是這類迷惑受身句。

○私は弟にカメラを壊された。／我的相機被弟弟給弄壞了。

○李君は馬に足を蹴られた。／李先生被馬踢到了腳。

○田中さんは野村に腕を抓られた。／田中先生被野村擰了胳膊。

○内山さんは佐藤のやつに頭を殴られた。／內山先生被佐藤那傢伙打了頭。

○王君は孫君に眼鏡を割られた。／王先生被孫先生打破了眼鏡。

○私は内山に手紙を読まれた。／我的信被內山看見了。

○私は弟に勉強の邪魔をされた。／弟弟干擾到我念書了。

3 施動者下面用的助詞「に」、「から」、「～によって」的關係

在被動句中不出現施動者時，當然不需要に、から等助詞，但在句子裡要求出現施動者時，則要用に、から或用～によって，只是它們使用的情況不同。

1 在迷惑受身句中，一般只能用「に」，而不能用「から」、「～によって」。例如：

○雨に降られて風邪を引いた。（×から、×によって）／被雨淋，所以感冒了。

○彼は十三歳の年に父に死なれた。（×から、×によって）／他十三歲那一年死了父親。

○人々は公害に悩まされている。（×から、×によって）／人們受公害所苦。

○私は財布を掏りに取られた。（×から、×によって）／我的錢包被小偷偷走了。

○私は足を他の乗客に踏まれた。（×から、×によって）／

我的腳被旁邊的乘客給踩到了。

2 在一般被動句裡，有下面幾種情況：

（1）被動者、施動者都是有情物，而述語所用的動詞是與施動、受動都有關係的動詞，並且這一動詞要求有動作對象。如与える、聞く、教える、たずねる、送る、頼む、命ずる、紹介する、要求する、招待する、質問する、答える等，既可以用に，也可以用から，並且多用から。例如：

○私は田中さんから（○に）台湾の事について色々聞かれた。／

○李さんは内村から（○に）頼まれてそれを調べた。／

田中先生向我問了很多台灣的事情。

○李先生受内村的委託調查了那件事。

但被動句裡另外用に作補語時，為了避免重複，則不再用に。例如：

○私は校長先生から（×に）野村社長に紹介された。

我被校長先生介紹給了野村社長。

3 由無情物即由客觀事物作主語構成的被動句子

（2）被動者、施動者都是有情物，述語所用的動詞屬於下面一些動詞：

① 與愛憎好惡等感情有關的動詞，如愛する、憎む、好む、嫌う、嫌がる、恐れる

② 與表揚、批評有關表示對人態度的動詞，如賛成する、反対する、信用する、尊敬する、歓迎する、批判する、褒める、叱る等時，一般用から、也用に，但不用によって。例如：

○ 人を嫌えば自分も人から（○に）嫌われる。／

○ 人は広く人々から（○に）愛されている。／他廣受人們的愛戴。

○ 彼は皆から（○に）信用されている。／他受到人們的信任。

○ 彼は広く人々から（○に）愛されている。／

討厭旁人的話，自己也會被旁人討厭。

○ 宿題をやらなかったので、先生に（○から）叱られた。／因為沒有做作業，被老師責罵了。

○ 内山さんは市民たちから（×に）衆議院に選ばれた。／內山先生被市民選為眾議員。

這種句子是受西方語言影響的表達方式。這種無情物作主語的句子，多用に或によって。

其中に是口語比較常用，而によって則是書面語言。一般不用から。它有下面三種情況：

（1）**表示自然景物、地理情況時，多用に，而不用によって，當然也不用から。**

○大地はかんかんと太陽に（×によって）照らされている。／大地被太陽曬得滾燙。

○山々は緑に（×によって）覆われている。／群山籠罩在綠意之中。

○日本は海に（×によって）囲まれた国である。／日本是個四面環海的國家。

（2）**客觀地講某種事物、某種理論由某人完成的、建立的，這時雖可用に，但多用によって。**

○それは森先生によって（○に×から）建てられた病院である。／那是由森老師建立的醫院。

○彼によって（○に×から）重大な事実が明らかにされた。／他發現了重大事實。

而被動者是無情物時多用によって。例如：

○あなた方は信仰によって（○に）救われるのだ。／你們將被信仰救贖。

（3）表示某種情況是由某種原因造成的，雖也用に，但更多使用によって。例如：

○運転手の不注意によって、（○に）大事故が起こされた。／

由於司機的不小心造成了重大事故。

○その建物は戦争によって（○に）破壊されてしまった。／那棟建築被戰爭破壞了。

○十四歳の時僕は家を火事によって（○に）焼かれてしまった。／

十四歳的時候，我家被一把火給燒光了。

以上是に、から、によって的主要用法區別。

4 他動詞的受身態與同形自動詞的關係

① 他動詞的受身態與同形自動詞

他動詞的受身態（也稱作被動態）是在他動詞下面接受身助動詞れる、られる構成的。它表示被⋯、受⋯。例如：

他動詞		他動詞受身態
助(たす)ける	→	助(たす)けられる
見(み)つける	→	見(み)つけられる
捕(つか)まえる	→	捕(つか)まえられる
授(さず)ける	→	授(さず)けられる

染(そ)める　　↓染(そ)められる

埋(う)める　　　↓埋(う)められる

例如：

○溺(おぼ)れるところを助(たす)けられた。　／快被淹死的時候，得救了。

○授業(じゅぎょう)中(ちゅう)に小説(しょうせつ)を読(よ)んでいるところを先生(せんせい)に見(み)つけられた。／

在課堂中看小說的時候被老師發現了。

○犯人(はんにん)は静岡県(しずおかけん)の警察(けいさつ)に捕(つか)まえられた。／犯人被靜岡縣的警察捉住了。

○それは秦(しん)の時代(じだい)に地下(ちか)に埋(う)められた文物(ぶんぶつ)だ。　／那是在秦朝時埋藏在地下的古物。

所謂同形自動詞，即為與他動詞（如助(たす)ける、見(み)つける、捕(つか)まえる、授(さず)ける、染(そ)める、埋(う)める）同一語幹的自動詞，如助(たす)かる、見(み)つかる、捕(つか)まる、授(さず)かる、染(そ)まる、埋(う)まる等，它們是上述他動詞受身態的同形自動詞。即：

他動詞受身態　　同形自動詞

助(たす)けられる　　↓助(たす)かる

見つけられる　↓見つかる

捕まえられる　↓捕まる

授けられる　↓授かる

染められる　↓染まる

埋められる　↓埋まる

例如：

○溺れるところを助かった。／快被淹死的時候，得救了。

○悪戯をして先生に見つかった。／惡作劇的時候，被老師發現了。

○雪に埋まって何処が道か分からなかった。／埋在雪裡，不知哪裡是路。

○犯人はまだ見つからない。／犯人尚未抓到。

上述他動詞的受身態與同形自動詞，形態、意義都近似，但使用的情況不同。

② 兩者的關係

它們形態、意義雖近似，但講話人的心理出發點不同，使用的場合也不同。用他動詞受身

態時，表示受到某人（即施動者）意識行動的影響而形成的情況；而用同形自動詞時則強調動作主體（主語）自動形成的某種情況，它僅僅是對客觀事物客觀地敘述。它們之間的關係有下面兩種情況：

1 句子的主語是有情物時，兩者都可使用，但有上述的不同。

例如：

○試験の時、李君がカンニングしているところを見つけられた（○見つかった）。／

考試時，李同學作弊被老師發現了。

上述句子用見つけられる與用見つかる意思相同，譯成中文也完全相同，但實際上說話者的心理出發點不同：用見つけられた時，強調老師是有意識查做弊的人，進而發現的；而用見つかった時則含有自己不注意或者不巧讓老師發現了的含意。再比如：

○危うく凍え死にするところを助けられた（○助かった）。／

差一點凍死的時候，得救了。

上述句子用助けられた時，強調被人救了，如被人發現了等。而用助かる時則強調自己沒

有凍死，得救了，這時既可能是被人救了，也可能是自己和風雪頑強搏鬥，終於得了救。總之兩者講話人的心理出發點不同。

2 句子的主語是無情物，並且是自然形成了某種情況，述語一般要用自動詞，而很少用他動詞的受身態。

如下面這些句子不能用他動詞受身態。

○なくなった鍵が見つかった。（×見つけられた）／找到了遺失的鑰匙。

○道はすっかり雪に埋まった。（×埋められた）／道路完全讓雪埋住了。

○西の空が茜色に染まった。（×染められた）／西邊的天空被染成了橘紅色。

5 中日文被動句的關係

儘管單獨地講れる、られる相當於中文的被、讓、受到等，但由於兩國語言的不同，使用的時候，很容易發生錯誤。有時中文沒有被、讓、受到等這樣表示被動的詞，但譯成日本語時則要用れる、られる；有時在中文裡使用了被、讓、受到之類的詞，日語則不譯出れる、られる等。在此為使讀者進一步了解兩國語言的不同，舉出幾個典型的例子供讀者參考。

1 中文裡沒出現表示被動詞的單詞，但句子含有被動的意思，譯成日語時則要用「れる」、「られる」。

○部屋（へや）は綺麗（きれい）に掃除（そうじ）されている。／房間打掃得乾乾淨淨。

○多（おお）くの建物（たてもの）はみなこの二三年来（にさんねんらい）建（た）てられたものである。／

許多建築物都是最近幾年蓋起來的。

○その本屋では毎月十幾冊の本が発行されている。／

那家書店每個月發行十幾本新書。

○彼の日ごろの実力が今度の試験の成績に充分反映されていない。／

他平常的實力並沒有在這次考試的成績上充分發揮出來。

上述句子要是沒譯出來、られる，就不合乎日語言習慣，可以說是錯誤的。

2 中文的句子中，有表示被動的單詞，而在日語中有時則不能用「れる」、「られる」。例如：

○どうやらお金を落としたらしい（×落とされたらしい）／我好像把錢弄丟了。

○花子はこの着物を着てとても綺麗です。（×花子に着られて）／

這件衣服讓花子這麼一穿還真好看。

○彼がこう言ったので（×彼に言われて）私はやっと分かった。／他一說，我才明白。

上述句子裡都有讓這個詞，但譯作日語時，譯成れる、られる，這是錯誤的。

6 使被役的用法

① 「使被役」是什麼

所謂**使被役**是在動詞下面接用了使役助動詞せる、させる，然後繼續在せる、させる下面接被役助動詞，即受身助動詞。例如：

動詞	**後接使役助動詞**	**再後接受身助動詞**
働く はたら	→ 働かせる はたら	→ 働かせられる（〜される） はたら
立つ た	→ 立たせる た	→ 立たせられる（〜される） た
歌う うた	→ 歌わせる うた	→ 歌わせられる（〜される） うた
考える かんが	→ 考させる かんが	→ 考えさせられる かんが

感<ruby>かん<rt></rt></ruby>心<ruby>しん<rt></rt></ruby>する　　↓感<ruby>かん<rt></rt></ruby>心<ruby>しん<rt></rt></ruby>させる

五段動詞下面的せられる經常約音成される。

↓感<ruby>かん<rt></rt></ruby>心<ruby>しん<rt></rt></ruby>させられる

② 使被役句的構成

它們構成下面句式：

（使役句）使動者Ａが使役對象Ｂに…動詞 〈せ／させ〉 せる。

（使役役句）使役對象Ｂは使動者Ａに動詞〈せ／させ〉られる。

例如：

1　〇先生<ruby>せんせい<rt></rt></ruby>は李<ruby>り<rt></rt></ruby>さんを立<ruby>た<rt></rt></ruby>たせた。／老師讓李同學站起來。

①〇李<ruby>り<rt></rt></ruby>さんは（先生<ruby>せんせい<rt></rt></ruby>に）立<ruby>た<rt></rt></ruby>たせられた。（立<ruby>た<rt></rt></ruby>たされた）。／小李讓老師罰站了。

1表示老師讓李同學站了起來，而①是小李作了主語，表示小李在老師的命令下站了起來。

③ 使被役的意義

它基本上表示下面兩種含義：

1 表示被迫的動作

即主語的動作不是主動進行的，而是在使動者的迫使下不得不進行的。因此它含有主語不願意、不高興的語氣。可譯作中文**被迫…、不得不…、不得已…**或彈性得適當翻譯。

○皆の前で歌わせられて（○歌わされて）恥ずかしかった。／在大家面前唱歌，很不好意思了。

○李さんは二十分間も立たせられた。／李同學被罰站了二十分鐘。

○次郎は時々兄に泣かせられる。（○泣かされる）／次郎常被哥哥弄哭。

○寄付金を出させられた（○出された）。／被迫捐了款。

○野村さんは会社を辞めさせられた。／野村先生被迫辭掉了公司的工作。

○この雨の中を来させられた。／在這雨天裡還不得不來。

不得不在大家面前唱歌，很不好意思了。

2 表示自發的行動

表示看到、聽到某種情況，不由得如何如何。可譯作中文的**不禁…**、**不由得…**。但這種用法使用時機不多。

○校長先生のお話を聞いてすっかり考えさせられた。／
聽了校長的講話，我不禁深有所感。

○こうした好意にまったく感激させられた。／對這些好意，我不勝感激。

○突然の訪問にびっくりさせられた。／對他的突然造訪，我不由得吃了一驚。

○なんとも言えない親切を感じさせられる。／我感到說不出的親切。

○日本人の仕事ぶりにまったく感心させられた。／日本人的工作態度使我深受感動。

第三章　可能助動詞れる、られる

1 可能助動詞「れる」、「られる」的接續關係及其意義、用法

① 「れる」、「られる」的接續關係

可能助動詞有れる、られる，都接在意志動詞下面，其中れる接在五段活用動詞的未然形下面，られる接在五段活用動詞以外的動詞(即上下一段、カ行變格、サ行變格活用動詞的未然形)下面，都構成可能態。其中接在五段活用動詞的れる，一般與所接的五段動詞語尾相結合，約音成為與下一段動詞相同的詞。サ變動詞構成的～せられる通常約音成為される，但由於與受身形態相同，容易混淆所以不常使用。其餘的動詞不約音。例如：

動詞	可能態	約音後的可能態
書く	→書かれる	→書ける

如果不是意志動詞，在下面是不能接表示可能的れる、られる的。

運動する　　↓運動できる

する　　　　↓できる

来る　　　　↓来られる
く　　　　　　こ

寝る　　　　↓寝られる
ね　　　　　　ね

起きる　　　↓起きられる
お　　　　　　お

読む　　　　↓読まれる
よ　　　　　　よ　　↓読める
　　　　　　　　　　　 よ

不約音

不約音

不約音

不約音

不約音

② 可能句的構成

構成可能句，自動詞作述語時，主語等沒有更多的變化，只是要在動詞下面接れる或られ
る；而他動詞作述語時，句子的主語多用は或には，而受詞下面用的助詞を一般改用が，表示
可能的對象。例如：

○王さんは泳げる。／王先生會游泳。
　　　　　　およ
　　おう

○私はもう走れない。／我再也跑不動了。
　　わたし　　　　はし

○私たちはまだ日本語の小説が読めない。／我們還讀不太懂日文小說。

○早く寝れば早く起きられる。／如果早點睡就能早點起床。

○今日用事があるから、今夜のサッカー試合が見られない。／今天有事，不能看今晚的足球比賽。

○腹一杯でもう食べられない。／已經吃飽了，再也吃不下了。

○明日は十時に来られる。／明天十點能到。

○周りが騒がしくて落ち着いて勉強されない（○勉強できない）／周圍很吵，不能安安靜靜地讀書。

最後一個句子由於勉強されない容易與受身態相混淆發生誤解，因此常用勉強できない。也就是說用サ変動詞できる、サ変動詞できない來代替、サ変動詞される、サ変動詞されない。

可能助動詞れる、られる與受身助動詞れる、られる的變化相同，即按下一段活用動詞的變化來進行變化，它同樣沒有命令形。

③ 可能句中受詞下面的助動詞「を」與「が」

如上所述在表示可能的句子中，受詞下面的助詞を多改用が，這時受詞則成為對象語。

例如：

○酒を飲む→酒が飲める。

○新聞を読む→新聞が読める。

○まだ日本語で手紙が書けない。／還不能用日文寫信。

○日本では三万円ぐらいでカラーテレビが買える。／

在日本用三萬日元左右就可以買到彩色電視機。

在可能句中移動動詞前面所用的助詞を，一般也要變成が。例如：

○道を歩く。→道が歩ける。

○空を飛ぶ。→空が飛べる。

○この道が通れない。／這條路不通。

○彼らにはあの北壁が登れるだろうか。／他們能從北坡爬上去嗎？

④「れる」、「られる」的意義

可能助動詞れる、られる構成的句子，它的動作主體多是有情物，個別時候也可以是無情物。

但表示出發、離開的移動動詞前面用的を，一般不改用が。例如：

○国を出る。→国を出られる。（×国が出られる）

○故郷を離れる。→故郷を離れられる。（×故郷が離られる）

○推測の域を出ない。→推測の域を出られない。（×推測の域が出られない）

1 表示某種能力。

相當於中文的能。

○一メートル八十なら私も跳べる。／若是一公尺八十公分我也能跳過去。

○英語の本は読めるが、うまく話せない。／能看英文書，但講不好。

○孫さんはまだうまく泳げない。／孫先生還無法游得很好。

2 表示實現某種情況的可能條件。

相當於中文的能、可以等，或彈性得適當翻譯。

○あの料理屋では一流の中華料理が食べられる。／在那個餐館能吃到一流的中華料理。

○橋が大水に流され、川が渡れなくなった。／橋被大水沖走了，過不了河。

3 表示某種東西的屬性、性能或價值。

這時的れる、られる仍接在意志動詞下面，但與動詞產生關聯的主體多是無情物，表示它們的屬性、性能或價值等。例如：

○この酒はなかなか飲める。／這個酒順口好喝。

○この本は良く売れる。／這本書賣得很好。

○それはなかなか読める本だ。／那是值得一看的好書。

○ここには食べられるような物を売っている店は一軒もない。／

○在這裡沒有一家店賣的東西能吃。

實際上上述例句中的飲める、売れる、読める分別形成了下一段活用的自動詞，關於它們的用法將在下一節裡進一步分析、研究。

2 同一形態的動詞可能態與同形自動詞的關係

動詞的可能態指五段活用動詞的可能態。例如：

動詞		動詞可能態
行く	→	行ける
飲む	→	飲める

動詞		動詞可能態
読む	→	読める
売る	→	売れる

另外也有一些下一段活用動詞，如行ける、飲める、読める、売れる，它們與上述的行く、飲む、読む、売る的可能態相同。但它們的意思稍有不同。

那麼它們之間有什麼不同呢？

1 下一段動詞構成的句子中，一般不會出現可能的動作主體，即不能用「A

は（には）Bが〜」這一句型，一般不能換用與被動態形態相同的可能態，也不必換用「〜ことができる」。它表示下面兩種意思：

①表示某種東西的屬性、性能、價值。

前面最後幾個例句中的飲める、売れる、読める都屬於這一用法。譯成中文時，要根據這下一段活用動詞本身的意義進行翻譯。例如：

○この菓子（かし）はなかなかいけるんだ。（×いかれる、×いくことが出来（でき）る）。／

○万年筆（まんねんひつ）がすらすら書（か）ける（×書かれる、×書くことが出来（でき）る）ので、原稿（げんこう）がはかどる。／

鋼筆很好用，所以稿子寫得很快。

②**表示自然形成的情況。**

這時不能換用與被動態相同的可能態，也不能換用ことができる，譯成中文時也要根據動詞本身的含義翻譯。

○知らないうちに絵（え）が描（か）けている。（×描（か）かれている、×描（か）くことが出来（でき）る）／

不知不覺地就會畫畫了。

○どうしたわけかハンドルが取られている。（×取られている、×取ることができる）／

不知道什麼原因，門把掉了。

２另一方面，動詞的可能態作句子的述語時，句子中可以出現具有某種能力的主體，即可以用「Ａは（には）Ｂが～れる」這一句型，當然Ａ可以省略；也可以使用與被動形態相同的可能態，有時也可以換用「～ことができる」。例如：

○遠くないなら（私には）歩いていける。（○歩いていかれる、○歩いていく事ができる）

因為不遠，我可以走過去。

○今日は（われわれには）特級の酒が飲める（○飲まれる、○飲む事が出来る）から素敵だ。／今天我們可以喝到頂級的酒，太棒了。

○彼にはうまく字が書ける（○書かれる、○書くことが出来る）から、彼に書いてもらおう。／他字寫得好，請他寫吧！

有些下一段活用動詞的形態與五段動詞的可能態完全相同，但意義不同，使用情況不同。

3 動詞的可能態與「～ことができる」

動詞的可能態與動詞ことができる都含有中文**能**的意思，但有時可互換使用，有時只能使用其中之一。

① **兩者通用的場合**

在表示有無某種能力時，兩者基本上可互換使用。例如：

○ 彼には日本語が話せる。（○を話す事が出来る）／他會說日語。

○ 教員免許証がなければ生徒を教えられない。（○教える事が出来ない）／沒有教師證是不能教學生的。

○ 日本語が少しできるが、日本語の歌は歌えない。（○歌う事が出来ない）／

多少會點日語，但不會唱日文歌。

只是動詞的可能態表示的意志性更強，因此它可以用～て（或で）いられる、～て（或で）いられない，而不能用～ている事が出来ない。

○何時間もじっとしていられる。（×～ていることができる）／他可以一動也不動地待上好幾個小時。

○これはみんなの生活に関する問題だから無関心ではいられない。（×無関心ではいる事が出来ない）／這是和大家生活有關的問題，不能不關心。

②只能用動詞可能態的情況

1 在表示事物的屬性、性能或價值時，這時五段動詞的可能態往往形成了一定的下一段活用動詞，而不用「～ことができる」。

○それはなかなか読める本だ。／那是一本值得看的書。

○あの店ではいろいろと食べられるような物を売っている。／那家店賣著各式各樣好吃的東西。

2 在含有可能含義的慣用句型，多已成了固定的說法，一般用動詞可能態，

而不能換用「～ことができる」。例如：

○～かもしれない。／也許⋯

○割りきれない。／無法認同。

○やり切れない。／吃不消。

等都是這樣的慣用語。例如：

○彼はもう出来ないかもしれない。／他也許再也無法了。

○日本の夏は蒸し暑くてやり切れない。／日本夏天悶熱得令人吃不消。

○悪戯っ子で手におえない。／拿這個調皮的孩子一點辦法都沒有。

○この人は気が置けない道づれだ。／他是我推心置腹的朋友。

上述句子中的～かもしれない、やり切れない、手におえない、気が置けない都是慣用

語，是固定的說法，不能用～ことができない。

○手におえない。／毫無辦法。

○気が置けない。／無隔閡。

4 他動詞的可能態與相對應的自動詞

他動詞的可能態是在他動詞下面接可能助動詞れる、られる構成的，如混ぜられる、儲けられる、閉められる、沈められる、曲げられる等分別是混ぜる、儲ける、閉める、沈める、曲げる等他動詞的可能態，它們表示能…、可以…等。

○水に油を入れても混ぜられない。／水與油是無法混合在一起的。

○いくら高く見積っても二万円は儲けられない。／預估再怎麼多，也賺不到兩萬日元。

○病気が治ってから、この足が曲げられなくなった。／病好了之後，腿就無法彎了。

○氷を沈めようとしてもなかなか沈められない。／要使冰沉下去，是怎樣都不可能的。

所謂相對應的自動詞，即與一些他動詞語幹相同、語尾不同的自動詞。如混ざる、儲か

る、しまる、沈まる、曲がる則分別是混ぜる、儲ける、しめる、沈める、曲げる相對應的自

動詞，它們也都含有能、可能…的意思。

○水は油と混ざらないが、アルコールとは混ざる。／

水和油不能混在一起，但和酒精卻可以。

○こんな商品は儲ける。／這樣的商品能賺錢。

○寝違えて首が右に曲がらなくなった。／睡覺落枕，脖子無法向右轉。

○氷は水に沈まない。／冰不會沈入水底。

那麼他動詞的可能態與他動詞相對應的自動詞有什麼不同呢？如混ぜられる與混ざる有什

麼不同呢？

上述他動詞的可能態與相對應的句型自動詞，雖都含有能、可能的意思，但說話者講話的

出發點截然不同，使用的場合不同。用具有可能含義的自動詞時，表示主語自動地形成某種情

況，它僅僅是對客觀事物的客觀敘述；而用他動詞的可能態時，則表示動作主體的人對動作對

象是否有能力處理或能否完成某一動作。例如：

○窓は開かない。／窗戶打不開。

○窓は開けられない。／窗戶打不開。

這兩個句子乍看起來，意思是相同的。但說話者講話時出發點不同。用窓は開かない則表示窗戶打不開這一客觀情況，如飛機的窗子，具有空調設備的窗子等都是打不開的；用窓は開けられない則表示說話者要打開某個窗子，但怎麼也打不開。

一般說具有可能含義的自動詞，在表示可能時，有下面兩種用法：

1 表示客觀事物本來的「能不能」

它一般表示事物的狀態，也就是表示某一客觀事物本身能否形成某種情況，這時不能換成同義的他動詞可能態，即不能用他動詞れる。

○水は沈まない。／冰不會沈下去。

○水と油は混ざらない（×混ぜられない）／水和油不會混在一起。

○白血病にかかったら、もう助からない（×助けられない）／

得了白血病，就沒辦法治了。

○飛行機の窓は開かない。／飛機的窗戶打不開。

上述句子都表示事物的屬性或客觀的情況，是不能用同形他動詞れる的。

2 表示動作主體（多是人）的「能與不能」

這樣的句子都可以在句首用「私は」、「彼は」之類的動作主體，因此這樣一些句子可以用他動詞れる。

○（私は）いくら努力しても彼と差が縮まらなかった（○縮められなかった）／我怎樣努力，也縮小不了和他之間的差距。

○（私は）腕が痛くて手が上がらない。（○上げられない）／我胳臂痛，手舉不起來。

○（私は）年取ったので、体が硬くなって手先が地面に着かない。（○着けられない）／我上了年紀，身子變硬了，手碰不到地。

5 中日文可能句的關係

單獨地講日語的可能態相當於中文的**能**、可能、可以等，但有時中文裡有**能**的句子，譯成日文時，不一定是用**れる**、**られる**。例如：

× 会議が午後五時に終われる。（○終わる）／會議下午五點就能結束。

× この列車は午後二時に台北に着ける。（○着くだろう）／這列火車下午兩點就能到台北。

因為這些動詞都是無意志動詞，不能在下面接**れる**、**られる**。再比如：

× 今行っても遅れられない。（○遅れる事はない）／現在去也不晚。

× 十月に入ったばかりだから雪は降れない。（○降る事はない）／現在剛進入十月還下不了雪。

上述兩個句子之所以錯誤也是由於無意志動詞，不能在下面接**れる**、**られる**的關係。

第四章　自發助動詞れる、られる

1 自發助動詞「れる」、「られる」的接續關係

自發助動詞有れる、られる，有的學者認為它是可能助動詞的一部分，本書為了便於進一步講解，將它歸為一章進行說明。れる、られる只接在一少部分與人們思維活動、感情、感覺有關的動詞下面。其中れる接在五段活用動詞未然形下（有的約音，有的不約音）；られる接在上、下一段活用動詞、サ變格活用動詞的未然形下面，其中サ變動詞～せられる約音成～される。常用的有：

動詞	後接自發助動詞	約音形態
思_{おも}う	↓思_{おも}われる	↓思_{おも}える
泣_なく	↓泣_なかれる	↓泣_なける
笑_{わら}う	↓笑_{わら}われる	↓笑_{わら}える

思い出す（おもいだす） ↓思い出される（おもいだされる）

偲ぶ（しのぶ） ↓偲ばれる（しのばれる）

待つ（まつ） ↓待たれる（またれる）

言う（いう） ↓言われる（いわれる）

考える（かんがえる） ↓考えられる（かんがえられる）

案じる（あんじる） ↓案じられる（あんじられる）

感ずる（かんずる） ↓感ぜられる（かんぜられる）

心配する（しんぱいする） ↓心配せられる（しんぱいせられる） ↓心配される（しんぱいされる）

予想する（よそうする） ↓予想せられる（よそうせられる） ↓予想される（よそうされる）

れる、られる的活用與受身助動詞、可能助動詞相同，按下一段活用動詞變化來變化。

② 自發助動詞的意義及其用法

自發助動詞有下面兩種用法：

① 表示自發的感情、想法

表示由於受到客觀事物的影響而自發地產生某種感情、想法。一般構成：

主語Ａは　對象語Ｂが　動詞られる

主語Ａには　對象語Ｂが　動詞られる 句型來用，當然做為動作主體的Ａ可以省略。

可譯作中文的**不由得、禁不住、情不自禁地、總是**等。

○この写真を見る度に死んだ父のことが思い出されます。／

每次看到這張照片，就不由得想起死去的父親。

○どうも息子の身の上が案じられます。／總是不由自主地惦記著兒子的情況。

○私にはこの文章が少し難しく感じられます。／我總覺得這篇文章有點難。

○私には母のことが心配されてならない。／我總是擔心著母親，擔心得不得了。

○ふるさとの山河が偲ばれます。／總是思念故鄉的一山一水。

○夏の到来が待たれる今日、何となく寂しく思われる。／

其中、思われる、泣かれる、笑われる有時可以說成思える、泣ける、笑える、意思不變。

在等待著夏天到來的今天，總覺得有些寂寞。

○僕にはどうしてもそう思える。／我總是這麼感覺。

○いくら泣いても泣けて泣けてしようがありませんでした。／

不管怎麼哭還是無法克制得哭個不停。

○あのことを思い出すたびに一人でに笑えてくる。／一想起那件事情就不由得笑了起來。

② 表示委婉的斷定

這種表達方式是日語中一個突出的特點，它既表示了講話人的謙遜，也表示把話講得保留，避免武斷，所以喜歡講話含蓄的日本人常用這一表達方式，來表達自己的意見。另外，廣播、報紙、演講、座談等也常用這種表達方式。具體地有下兩面種情況：

1 在演講、座談或在其他場合發言時，說話者為了把話講得委婉一些，常使用這種表達方式。

常用的詞有「思^{おも}われる」、「考^{かんが}えられる」，多構成：

私^{わたし}には　　と　　思^{おも}われる

（私^{わたし}）～　　ように　　考^{かんが}えられる

私^{わたし}は

句型來用，其中主語的 私^{わたし}には、私^{わたし} は經常省略。可譯作中文的 **我想、我認為**。例如：

〇世代^{せだい}が違^{ちが}えば考^{かんが}え方^{かた}も違^{ちが}うのは当然^{とうぜん}のことだと思^{おも}われます。／

年齡不同，想法也不一樣，我認為這是理所當然的。

○外国語を学ぶ人が増えるのは好ましい事だと思われます。／

我認為學習外語的人增加，是一件好事。

○今後海外との文化交流はますます盛んになるように思われます。／

我認為今後和國外進行的文化交流將會更加頻繁起來。

○このような傾向は日本だけではないと考えられます。／

我認為這種傾向不僅僅在日本發生。

○こちらは日本より少し暑いように思われます。／我認為這裡比日本稍熱一些。

上述一些句子本來不用思われる、考えられる意思也是完整的，但用了思われる、考え
られる則更合乎日語的語言習慣，語氣更加緩和，話講得保留而不生硬。

2 報章、雜誌、廣播、電視等為了避免武斷經常用這一委婉的表達方式。

一般用小句子と～られる這一句型，並且不用大主語，常用的有思われる、考えられ
る、見られる、認められる、予想される、想像される等。有些人認為它是受身助動詞，本書
將它歸入了自發助動詞，因為它是屬於一種比較委婉避免武斷的表達方式。可譯作中文的**可以**

認為、普遍認為、可以想像、可以預料等。

○ 長期予報によると、今年の冬はかなり寒さが厳しいものと思われます。／

據累積預報數據顯示，今年的冬天將會相當地冷。

○ 日本列島は大昔はアジア大陸と繋がっていたものと考えられる。／

可以推斷日本列島在遠古時代是和亞洲大陸相連的。

○ 台風六号は今夜台湾に上陸すると予想されます。／預計六號颱風今晚將在台灣登陸。

○ この夏の暑さも今週が峠と見られます。／

可以預見今年夏季最高溫將出現在這一週。

第五章 尊敬助動詞れる、られる

1 尊敬助動詞「れる」、「られる」的接續關係及其意義與用法

尊敬助動詞也稱作**敬語助動詞**，它只有れる、られる兩種接續方式。接續關係與受身助動詞相同，れる接在五段活用動詞的未然形下面，られる接在上、下一段活用動詞、カ行變格活用動詞以及サ行變格活用動詞的未然形下面，其中接在サ變動詞下面時，構成～せられる，然後約音成為される。例如：

動詞	接尊敬助動詞	約音形態
書く	→書かれる	
立つ	→立たれる	
起きる	→起きられる	
教える	→教えられる	

其譯出。例如：

它們主要表示對聽話者或話題中人物（多是上級尊長等）的尊敬，在中文中往往不特別將

它的活用與受身助動詞變化相同，按下一段活用動詞變化而變化，但沒有命令形。

来る　　　↓来られる

する　　　↓せられる　　↓される

研究する　↓研究せられる　↓研究される

○内山先生は明日午前九時に台北を発たれます。／內山老師明天早上九點從台北出發。

○先生はもう東京への切符を買われましたか。／老師已經買到了往東京的機票了嗎？

○お爺さんは毎朝起きられてから何をなさいますか。／老爺爺每天早上起來做什麼呢？

○あの方はいつごろ来られたのですか。／那一位（他）是什麼時候來的？

○あの先生は今年の四月に外の学校へ転任されるそうです。／

聽說那位老師今年四月要調到其他學校去。

② 其他的尊敬敬語表達方式

除了助動詞れる、られる可以構成尊敬敬語來表示對對方或話題中人物（多是尊長、上級）表示尊敬以外，還可以用お～になる、ご～になる，也可以用お～なさる、ご～なさる表示相同的意思。

① お～になる、ご～になる

お～になる構成お和語動詞連用形になる；ご～になる構成ご漢語動詞語幹になる，表示對聽話者或話題中人物（多是尊長、上級）的尊敬。例如：

○あなたもその噂をお聞きになりましたか。／您也聽到那個傳聞了嗎？

○この薬は食後にお飲みにならなければなりません。／這個藥請務必在飯後吃。

○その事についてご相談になりましたか。／

○一日も早くご回復になれば、みんなにとって幸いだと思います。／

○関於那件事情你們商量過了嗎？

您早日康復是大家所樂見的事。

② **お～なさる、ご～なさる**

なさる是する的尊敬語動詞，表示**做**，它構成お和語動詞連用形なさる、ご漢語動詞語幹なさる來用，都表示對聽話者或話題中人物（多是尊長、上級）的尊敬。例如：

○あなたもその噂をお聞きなさいましたか。／您也聽到那個傳聞了嗎？

○この薬は食後にお飲みなさらなければなりません。／這個藥請務必在飯後吃。

○中山先生はもうご出発なさいましたか。／中山老師已經出發了嗎？

○于先生は日本の万葉集についてご研究なさっているそうです。／聽說于老師正在研究日本的萬葉集。

以上是尊敬語的兩種表現方式，但有的動詞卻不能使用上述表達方式，而要用敬語動詞或使用其他的方式來表達。例如：

一般動詞	敬語動詞	可用的敬語其他表達方式
行く	いらっしゃる	行かれる、おいでになる
来る	いらっしゃる	来られる、おいでになる、お見えになる
いる	いらっしゃる	おられる
食べる	召し上がる	
言う	おっしゃる	言われる
する	なさる	される
ある	ござる	
見る	ご覧になる	
寝る	お休みになる	お休みなさる
死ぬ	おなくなりになる	なくなりになられる

例如：

○先生はこの間東京へいらっしゃいましたね。　（○おいでになりましたね）

老師前些天去了東京一趟的樣子。

○先生は毎晩何時にお休みになりますか。／老師每天晚上都幾點休息？

○于先生は今万葉集についての論文を書いていらっしゃるそうです。／

聽說于老師最近在寫有關萬葉集的論文。

○中山さんは台湾の映画をご覧になったことがございますか。

中山先生看過台灣的電影嗎？

③ 三種尊敬用語表達方式的關係

1 從意義上來說，三者基本相同，都表示對聽話者以及話題中的人物（如尊長、上級等）的尊敬

但尊敬程度三者稍有不同：其中れる、られる的尊敬程度最低；お〜になる（ご〜になる）以及敬語動詞居中；而お〜なさる（ご〜なさる）尊敬程度最高。例如：

○社長（しゃちょう）はもう東京（とうきょう）から

　　　帰（かえ）られました。

　　　お帰（かえ）りになりました。

　　　お帰（かえ）りなさいました。

社長已經從東京回來了。

○李さんは今日本の部落民について

ご研究なさっています。

ご研究になっています。

研究されています。

李先生現在正在研究日本部落居民問題。

上面用れる（られる）、お～になる（ご～になる）、お～なさる（ご～なさる）構成的句子意思是相同的。由於れる、られる尊敬程度較輕，女性很少使用這一形式，而在打工性質的職場上則反而多用れる、られる，由於れる、られる與受身助動詞、可能助動詞的形態相同，很容易混淆，因此一些外語學習者提倡少用れる、られる，而盡量多用お～になる、ご～になる或お～なさる、ご～なさる，這樣一來使用れる、られる的情況便逐漸減少，而多用お～になる（ご～になる）、お～なさる（ご～なさる）來代替。例如：

？先生は毎朝何時に起きられますか。

<ruby>先生<rt>せんせい</rt></ruby>は<ruby>毎朝<rt>まいあさ</rt></ruby><ruby>何時<rt>なんじ</rt></ruby>に<ruby>起<rt>お</rt></ruby>きられますか。

這個句子既可以理解為**老師幾點起床？**也可以理解為**老師幾點能夠起床？**語意不夠清楚。

如果用尊敬語要說：

○先生は毎朝何時にお起きになりますか。（或用「お起きなさいますか」）／老師每天早上

幾點起床呢？

2 尊敬語的可能形表達方式

在表示可能時，不能在動詞可能態下面再接れる、られる，也就是不能用**可能動詞**られ

る。例如：

書く↓書ける↓×書けられる

読む↓読める↓×読められる

這時要用お和語動詞連用形になれる、ご漢語動詞語幹になれる，其中的なさる是動詞な

る的可能態，表示敬語的**能**。例如：

○先生はいつごろ学校にお帰りになれるのですか。／老師什麼時候能回學校？

○先生は二三日のうちにお発ちになれますか。／老師在兩三天內能出發嗎？

○車があいていればいつでもご利用になれます。／

車子沒有人用時，您隨時都可以使用。

○同窓会は日曜日の午後ですから、先生もご参加になれると思います。

同學會在星期天的下午召開，我想老師也能參加。

3 命令句的表達方式

尊敬語れる、られる、お～になる、ご～になる都不能構成命令句，只有用お～なさる、ご～なさる可以構成命令句。這時一般用お和語動詞連用形なさい、ご漢語動詞語幹なさい作命令句。例如：

○お入りなさい。／請進！

○入りなさい。／請進！

○できるだけ栄養分のある物をおとりなさい。／請盡量吃一些有營養的東西！

○どうぞご安心なさい（ませ）。／請您放心！

動詞前面的お、ご還可以省略。例如：

○どうぞ、安心しなさい。／請放心！

但這種說法，已經沒有什麼尊敬的含義，都是一般的命令句。而お～なさい、ご～なさい

的敬意也是較低的，因此往往用お和語動詞連用形ください、ご漢語動詞語幹ください來代替

上述説法。

○お入りください。／請進！

○できるだけ栄養分のある物をおとりください。／請盡量吃一些有營養的東西！

○どうぞご安心ください（ませ）。／請放心！

第六章　否定助動詞ない、ぬ

① 否定助動詞「ない」

否定助動詞日本語也稱作「打消助動詞」，它有和兩種形態不同的助動詞，都表是否定。

① 否定助動詞「ない」的接續關係

它接在動詞以及動詞行助動詞れる、られる、せる、させる等的未然形下面構成否定態。

例如：

読む→読まない

教える→教えない

見える→見えない

勉強する→勉強しない

許される→許されない

来られる→来られない

来る→来ない
する→しない

行かせる→行かせない

但ない不能接在動詞ある下面，即不用あらない，而用ない表示ある的否定，這時的ない不是助動詞，而是形容詞。

上述連語中的ない都是否定助動詞，表示否定，相當於中文的**不**、**沒有**。

② 「ない」的活用

ない和形容詞活用變化相同，有未然形、連用形、終止形、連體形、假定形，但沒有命令形。

★ **終止形、連體形**　都用ない。

○王さんは酒を飲まないし、たばこも吸わない。／王先生既不飲酒，也不抽菸。

○気をつけないと、思わぬ失敗をするぞ。／不小心點，可是會招來意想不到的失敗喔！

○あの人は感情では動かない人だ。／他是不動感情的人。

★ **未然形**　用なかろ，後接う，表示推量。

○まさか雪が降らなかろう。／大概不會下雪吧！

○それだけでは足りなかろう。／只有那些是不夠的吧！

但實際使用上，一般用～ないだろう來代替なかろう。

★連用形　有兩種形態：

①用「なく」後接用言或助詞「て」、「ては」、「ても」等。例如：

○どうしたらいいか分からなくなった。／不知道怎樣做才好了。

○様子が分からなくて困っている。／不知道情況很困擾。

○早く行かなくてはならない。／必須早一點去。

○辞書を引かなくても読める。／不查字典也讀得懂。

②用「なかっ」後接「た」、「たり」、「たら」。

○私はちっとも知らなかった。／我一點也不知道。

○知らなかったら、行かなくていい。／如果不知道的話不去也可以。

○練習したりする時もあるが、しなかったりする時もある。／有時候練習，有時候不練習。

★**假定形** 用なければ後接ば，表示假定。

○水泳ができなければ、一人で海には行ってはいけない。／

如果不會游泳，就不要一個人下海。

○八時までに是非着かなければならない。／八點以前必須到達。

3 **助動詞「ない」的意義、用法**

1 **最基本的含意是表示否定。相當於中文的「不」、「沒有」。**

這點在前面已經提到，不再重複。

2 **用「～ないか」、「～ないかしら」表示勸誘、徵求對方的同意，有時也省略「か」、「かしら」，只用「ない」。講話時句末用上升語調。相當於中文的「不…嗎？」**

○君も一緒に行かないか。／妳不一起去嗎？

○さあ、そろそろ始めないか。／那麼差不多要開始了嗎？

○三郎はその映画を見に行かないかしら。／三郎不去看那部電影嗎？

○疲れたからもうやめない？／已經累了，還不放棄嗎？

有時也用～くれないか表示拜託。相當於中文的…好嗎？

○君も手伝ってくれないか。／妳也來幫忙好嗎？

○もう一度言ってくれないか。／再說一遍好嗎？

3 用「ないで」

它是在下面省略了「くれ」、「ください」的說法，表示懇請對方不要如何如何。相當於中文的「不要…」。

○恥ずかしいから見ないで。／不好意思啦！不要看！

○約束の時間に遅れないで。／約定的時間不要遲到啊！

以上是助動詞ない的基本意義和用法。

④ 形容詞「ない」的接續關係、意義、用法

值得注意的是…ない也是形容詞的一種。如①獨立使用的ない；②接在形容詞、形容詞型

助動詞連用形下面的ない；③接在形容動詞、形容動詞型助動詞連用形下面的ない，它們與助動詞的ない形態完全相同，但這時的ない是形容詞，而不是助動詞。例如：

時間（じかん）→時間（じかん）はない

悪（わる）い→悪（わる）くない

難（むずか）しい→難（むずか）しくない

行（い）きたい→行（い）きたくない

丈夫（じょうぶ）→丈夫（じょうぶ）ではない

労働者（ろうどうしゃ）→労働者（ろうどうしゃ）ではない

上述連語中的ない，雖然與助動詞ない形態相同，但它們都是形容詞，接在形容詞、形容動詞等連用形下面。例如：

○金（かね）もないし、時間（じかん）もないし、旅行（りょこう）はやめにした。／

○今度（こんど）の試験問題（しけんもんだい）はあまり難（むずか）しくなっかた。／這次的考題不太難。

○あの人（ひと）は日本語（にほんご）があまり得意（とくい）ではないようだ。／他似乎不太擅長日語。

○これは君（きみ）でなければ出来（でき）ない事（こと）だ。／這件事情只有你能做到。

既沒有錢，也沒有時間，只好取消旅行了。

上述句子裡的ない都是形容詞。

② 否定助動詞「ぬ（ん）」

它是用在口語裡的文語表現。

① 「ぬ」的接續關係

接在動詞及動詞型助動詞未然形下面，其中接在サ變動詞未然形下面時，緊接在せ的下面。ぬ有時約音成為ん。

読む→読まぬ（ん）

教える→教えぬ（ん）

起きる→起きぬ（ん）

来る→来ぬ（ん）

勉強する→勉強せぬ（ん）

来られる→来られぬ（ん）

許される→許されぬ（ん）

行かせる→行かせぬ（ん）

② 「ぬ」的活用

　它的活用型特殊，是不規則的。它只有連用形ず、終止形ぬ（ん）、連體形ぬ（ん）、假定形ぬ，而沒有未然形、命令形。

★ 終止形　用ぬ（ん）
○ 父はまだ起きぬ（ん）。／爸爸還沒起床。
○ 俺に分からぬ（ん）。／我不懂。
○ 彼は酒も飲まぬし、たばこも吸わぬ。／他既不喝酒，也不抽菸。

★ 連體形　用ぬ（ん）
○ この事を知らぬ（ん）ものはない。／沒有人不知道這件事的。
○ ちょっと見ぬ間に大きくなった。／幾天不見就長大了。

另外文語否定助動詞ず的連體形ざる也經常用在口語裡，可換用口語的連體形ぬ。例如：

○少なからざる（○ぬ）努力が必要だ。／需要更多的努力。

○日本は持たざる（○ぬ）国だといわれていた。／過去日本被稱為沒有資源的國家。

★ **連用形**　用ず、ずに，其中ず表示中止或做副詞用；ずに做連用修飾語用。例如：

○今度の地震で僕の家は倒れもせず、焼けもせず、全く無事だった。／

這次的地震，我家沒有倒塌，也沒失火，平安無事。

○酒も飲まず、たばこも吸わぬ。／既不喝酒，也不抽菸。

○仕事もせず、ぶらぶらしている。／工作也不做，整天閒著。

○文句を言わず、さっさと仕事をしろ。／不要說三道四，快做事！

○今日はどうも言わずに入って来た。／連聲招呼都不打就進來了。

○気に入った物がないので、何も買わずに帰って来た。／

沒有看到喜歡的東西，什麼也沒有買就回來了。

○思わずあっと叫んだ。／不由得「啊」地喊了一聲。

★**假定形** 用ぬ後接ば構成順接假定條件。

○早く行かねば間に合わんぞ。／不快點去，會來不及喔！

○今週のうちにこの論文を書きあげねばならない。／

必須在這一週內，將這個論文寫完。

③ ～なくて、～ないで、～せずに

三者都可以連接前後兩項，表示中止或做連用修飾語來用，但它們使用的場合不同。

①

なくて

是否定助動詞ない連用形なく後接て構成的。有下面兩種用法：

1 表示前項與後項相對立，這時前後兩項多是兩個主語。

○これは序論に過ぎなくて、これからが本論です。／這不過是序論，下面才進入本論。

○あの人は何もしなくて、やったのは私です。／他什麼都沒做，都是我做的。

○雨が降らなくて、雪が降り出した。／沒有下雨，卻下起了雪。

2 表示前項成為後項的原因，含有「因為」的意思。例如：

○うまく説明できなくて困った。／無法好好解釋清楚，傷腦筋。

○金を持っていなくて買えなっかた。／沒有帶錢，沒辦法買。

○時間が足りなくて全部答えることができなかった。／因為時間不夠，沒有全部作答。

它可以用～なくては構成順態假定條件或順態確定條件。表示如果不…、因為…。

○雨が降らなくては田植えもできません。／不下雨，就不能插秧。

○よく勉強しなくては落第するかもしれません。／不好好用功，可能會留級。

○よく練習しなくてはできないのは当たり前です。／

不好好練習，那當然不會了。

用～なくてはならない表示必須…。

○習った文章を暗誦しなくてはなりません。／必須把學到的文章背下來。

接在形容詞、形容詞動詞下面的形容詞ない，也可以在連用形なく下面接て構成なくて來用，表示下面兩種意思：

① **表示前後兩項的對立或表示中止。**

○物が高くなくていい。／東西不貴且品質很好。

○部屋が狭くなくてきれいです。／房間不小而且很乾淨。

② **表示前項是後項的原因、理由。**

○お金がなくて困っている。／沒有錢所以很困擾。

○あまり大きくなくて使いやすい。／不太大，使用起來很方便。

② **〜ないで**

是否定助動詞ない的終止形下面接で構成的，多構成連用修飾語來用，有下面三種用法：

① **後接補助動詞「くださる」，也後接補助形容詞「ほしい」等構成慣用形，表示請求、命令、希望等。**

○何も聞かないでください。／請你什麼都別問了。

○何も言わないで欲しい。／請你什麼都不要再說了。

② 省略「ください」、「ほしい」等，只用「～ないで」結尾，表示對對方的請求、命令（已經在本章第一節說明）。

○ どこへも行かないで。／你哪都別去！

○ 当分誰にも言わないで。／暫時別跟任何人說！

③ 用「ないで」做為連用修飾語修飾下面的述語。

○ 昨日は少しも勉強しないで遊びに行った。／昨天完全沒唸書就跑出去玩了。

○ あの人は人の言う事は聞かないで出て行った。／他不理旁人就這麼出去了。

○ 雨が降っているのに、傘を差さないで歩いている。／

外面下著雨，他卻連傘也不撐就在外面走。

○ 彼は靴も脱がないで寝ている。／他鞋都沒有脫，就睡著了。

○ 弟は朝飯もとらないで学校へ行った。／弟弟連早餐也沒吃，就上學去了。

從以上說明可以知道：ないで與なくて是沒有共同點的，一般不能互換使用。只是下面這種情況例外。

○雨が降らなくて雪が降った。（中止、對立）／沒有下雨，卻下起了雪。

○雨が降らないで雪が降った。（連用修飾）／沒有下雨，卻下起了雪。

這樣的句子之所以既能夠用なくて也可以用ないで，是因為在此なくて可表示中止與對立，而ないで則是作為連用修飾語，修飾下面的句子，所以兩者都可以用。

③〜ずに

是否定助動詞ぬ的連用形，作為連用修飾語修飾下面的述語時，可與ないで互換使用。

○昨日は少しも勉強せずに（○しないで）遊んでいた。／昨天完全沒念書就跑去玩了。

○雨が降っているのに、傘も差さずに（○差さないで）歩いている。／下著雨，卻連傘也不撐就在外面走。

○弟は朝飯もとらずに（○とらないで）学校へ行った。／弟弟連早餐都沒有吃，就上學去了。

另外，下面的說法是不通的。

×何も聞かずにください。

×何も言わずにほしい。

但可以用ずにいる，這時與～ないでいる可以互換使用。因為這時的いる是主要動詞，是句子的述語，而～ずに、～ないで都是它的連用修飾語，修飾いる的，因此可互換使用。

○何も聞かないで（○聞かずに）いた。／我什麼也沒有問。

○昨晩忙しかったので、一晩中休まないで（休まずに）いた。／

昨天晚上很忙，一夜都沒有休息。

4 否定助動詞「ない」構成的慣用型

1 「〜てはいけない」、「〜てはならない」

両者意思、用法大致相同，都表示禁止命令。只是〜てはいけない是禁止對方不准…、不要…；而〜てはならない則包括自己（説話者）在內，講我們不要…。

○乱りに出入りしてはいけない。／不准隨意進出！

○危ないんだから、水門の近くで泳いではいけないんだよ。／

危險！不要在水閘附近游泳！

○自転車の二人乗りをやってはいけない。／騎腳踏車不要雙載。

○無断で外出をしてはならない。／不要擅自外出！

○芝居に入ってはならない。／不要進入草坪！

2 「～なければいけない」、「～ねばいけない」、「～なければならない」、「～ねばならない」

～なければならない、～ねばならない兩者意義完全相同，都表示應該如何如何。相當於中文的**必須**。

○約束した以上時間通り行かなければならない。（○ねばならない）／
既然約好了，就必須準時去。

○国民として誰だって法律を守らなければならない。（○ねばならない）／
身為一個國民，無論誰都應當遵守法律。

～なければいけない、～ねばいけない兩者意義相同，卻表示有必要這麼做，即做為一種勸告、命令，表示這樣才對。相當於中文的**必須、最好**。

○毎日会話の練習をしなければいけない。（○ねばいけない）／必須每天練習會話。

○毎日習った文章をよく復習しなければいけない。／必須每天複習學過的文章。

3　「～てならない」、「～てたまらない」

兩者都接在表示感情、感覺的形容詞、形容動詞以及少部分動詞的連用形（有時要發生音便）下面，也接在表示希望助動詞たい的連用形下面，作為句子的述語來用。兩者意義、用法完全相同，都表示某種情感、感覺達到了最大的限度。相當於中文的…不得了。

○三十度以上もあるから熱くてならない。　（○たまらない）／

三十幾度熱得不得了。

○有三十幾度熱得不得了。

○皆の前で歌を歌うのが嫌でならない。　（○たまらない）／

在大家面前唱歌，讓我討厭得不得了。

○あんまり熱いから、冷たい水が飲みたくてならない。　（○たまらない）／

太熱了，所以想喝冷飲想得不得了。

值得注意的是：～てならない與～てはならない不同：～てはならない表示禁止命令。相當於中文的不要…、不可…。例如：

○やさしい問題だといって油断してはならない。／

雖說是簡單的問題，但也不可疏忽大意。

4 「〜てやりきれない」、「〜てかなわない」

兩者都接在表示感情、感覺的形容詞、形容動詞以及少部分動詞連用形（有時要發生音便）下面，作為句子的述語來用，兩者意義、用法相同，都表示不好的、難以忍受的感覺達到最大的限度，相當於中文的⋯**得不得了**，⋯**難受得不得了**。

○オーバーを着ていなかったので寒くてかなわなかった。（○やりきれなかった）／没有穿大衣，冷得不得了。

○喉が乾いてかなわなかった。（○やりきれなかった）／嗓子渴得難受。

○昨晩四時間しか眠らなかったから今日一日眠たくてかなわなかった。（○やりきれなか った）／昨晩只睡了四個小時，所以今天一直睏得不得了。

但它們不能用於表達正面的感情、感覺，因此下面的句子是不通的。

×僕は嬉しくてかなわなかった。→○僕は嬉しくてたまらなかった。

我高興得不得了。

5 「～にすぎない」

接在體言或用言、助動詞終止形下面，是表示斷定的一種說法，含有貶抑評價的語氣。相當於中文的 **不過…、只不過…**。

○ 彼らの提案に賛成するものはわずか五六人にすぎない。／
賛成他們提案的只有五、六個人。

○ 今話したのはいくつかの根本的な方向問題にすぎません。／
現在我講的不過是幾個根本的方向問題。

○ 彼は日本歴史の知識を少しもっているにすぎません。／
他只不過多少有一點日本的歷史知識而已。

○ 私は当たり前のことをしたにすぎません。／我只不過做了我應該做的事情。

6 「～にほかならない」

接在體言或形式體言的下面，是表示斷定的一種說法，它含有 **不是別的，就是**…的意思。

思。相當於中文的不外乎…、肯定是…。例如：

○君がこんな病気になったのは普段衛生に注意しないからにほかならない。／你得了這個病，不外乎是平時不注意衛生的緣故。

○彼がオリンピック大会で優勝を勝ち取ったのは全く長期間の練習の結果にほかならない。／他在奧林匹克運動會上獲得了冠軍，不外乎是他長時間練習的結果。

○マラソンは結局のところ自分の意志との闘いにほかならない。／馬拉松最後不過是自己和意志力的搏鬥。

○相手に負けたのは全く実力が劣っているほかならない。／輸給對方的原因，不外乎是自己的實力遜於對方。

7 「～にはおよばない」

接在動詞終止形下面，構成述語的一部份，經常作為寒暄用語來用。表示沒有必要如何如何。相當於中文的不必…、用不著…。

○そんなに慌てるにはおよびません。／不用那麼慌張！

○忙しいならわざわざ来るにはおよびません。／如果忙的話，就不用專程來了。

○口頭試問といっても、びくびくするにはおよびません。／雖說是口試，也用不著害怕。

○自分の弟だから、わざわざ駅まで出迎えに行くにはおよびません。／

因為是自己的弟弟，用不著特地到車站去接。

8 「〜かもしれない」

接在體言、形容動詞語幹下面，也接在用言、助動詞終止形下面，構成述語的一部份，與〜だろう的意思相同，表示某種推量。相當於中文的**也許…、或許…、說不定…**。例如：

○明日は雨かもしれません。／明天也許會下雨。

○もう寝てしまったかもしれません。／也許已經睡著了。

○君の顔色がよくないから、病気になったのかもしれません。／

你的臉色不好，是不是生病了。

○あるいは来ないかもしれません。／也許不來了。

○試験問題が少し難しいかもしれませんが…／考題可能有點難…。

5 否定助動詞ぬ（ず）（ざる）構成的慣用型

否定助動詞ぬ多用它的連用形ず構成一些慣用型，這些慣用型由於使用了連用形ず，因此多作連用修飾語來用。

1 「～にかかわらず」

接在下列單詞下面：

①一般名詞 ②由意義相對立的兩字構成的名詞（如晴雨、晝夜、男女、老幼等）③～いかん ④～肯定か否定か。表示不論任何情況都…，相當於中文的不論…、不管…等。

〇天候(てんこう)にかかわらず、船は時間(じかんどお)通りに出帆(しゅっぱん)する。／不論天氣如何，船按規定時間出海。

〇晴雨(せいう)にかかわらずサッカーの試合(しあい)を行(おこな)います。／不論晴天雨天，都會進行足球比賽。

○男女にかかわらず応募が許されます。／不論男女都可以應徵。

○変化の如何にかかわらず、決行する。／不論如何變化都堅決實行。

○君が出るか出ないかにかかわらず、僕は参加します。／

不管你參不參加，我都會參加的。

○好むと好まざるにかかわらず試験を受けねばならない。／

不管願不願意，都要接受考試。

2 「～にもかかわらず」

它與～にかかわらず不同，接在體言下面或用言、助動詞的終止形下面，構成逆接確定條件，連接前後兩項，表示儘管是前項這一情況，也出現了後項這樣出乎人們預料之外的結果。

相當於中文的**儘管…**、**還是…**、**雖然…**可是。

○雨にもかかわらず、多くの人々が集まった。／儘管是雨天，還是來了許多人。

○困難は山ほどあるにもかかわらず実によく頑張り、ついに当初の目標を達成した。／

儘管有許多困難，還是非常努力地完成了最初的目標。

○スタートが少しばかり遅れたにもかかわらず、よく頑張って真先にゴールにはいった。／

儘管起步時落後了一點，但還是卯足了勁，第一個跑向終點。

○彼は日本へ行ったことがないにもかかわらず、日本の事がよく知っている。／

儘管他沒有去過日本，但對日本的事情卻相當了解。

○よく復習しなかったにもかかわらず試験の成績はそれほど悪くなっかた。／

儘管沒有仔細複習，但考試的成績還不差。

3 「〜といわず、〜といわず」

分別接在同一種類意義相對的名詞（如男女、晝夜等）下面表示並列兩種事物。相當於中

文的**無論…、還是……或者…**。

○そのところの人は男といわず、女といわず、みな髪を長く伸ばしている。／

在那個地方，不論男人還是女人都留著長髮。

○昼といわず夜といわず自動車がひっきりなしに通っている。／

不論白天還是黑夜，汽車總是不停地跑。

○顔といわず、頭といわず埃だらけになった。／不論臉還是頭都滿是灰塵。

○歩行者といわず、自動車といわずみなきちんと交通規則を守っている。／不論臉還是頭都滿是灰塵。

不論行人還是汽車都遵守交通規則。

4 「〜を問わず〜」

接在一般名詞或由意義相對的兩字所構成的名詞下面，作連用修飾語來用，表示不把這一

情況作為問題來看待，相當於中文的不問…都…、不論…都…。

○室内のプールだから、季節を問わず、水泳をすることができる。／

因為是室内游泳池，不論任何季節，都可以游泳。

○男女を問わず、英語のできる人なら、みな応募できる。／

不論男女，會英語的都可以來應徵。

○東西を問わず、日本商品の入っていない国はない。／

東方西方各國，沒有一個國家不進口日本商品的。

○戦前戦後を問わず、日本の大工場はみな海外から燃料を買い入れなければならない。

／不論戰前還是戰後，日本的大工廠都必須從外國進口原料。

5 「～をものともせず」

接在名詞下面，構成連用修飾語，表示**不把…放在眼裡**。相當於中文的**不把…當回事**、不顧…、不怕…。

○ 両チーム（サッカー）は風雨をものともせず、試合を続けた。／
　両個（足球）球隊不顧風雨，繼續進行比賽。

○ 消防隊員は負傷をものともせず消火をしつづけた。／
　消防隊員不顧自己的傷勢，繼續滅火。

○ 戦士たちは飛んで来る弾丸をものともせず、前進していった。／
　戰士們冒著槍林彈雨往前邁進。

○ 彼はいかなる困難をものともせずひたすら前へ進んだ。／
　他不怕任何困難，勇往直前。

6 「～ざるを得ない」

ざる是文語否定助動詞ず的連體形，因此構成的～ざるを得ない也是文語的表現形式。接在動詞以及動詞型助動詞的未然形（其中サ行變格動詞用せざるを得ない）下面，構成～ざる**を得ない**與、～なければならない、～ねばならない的意思大致相同，表示**不得不**…。相當於中文的**不得不**…、**不能不**…、**不得已**…等。

○ どうしても行かざるを得ない用事があって父は出かけた。／

○ 彼と意見が対立してしまったので、私は彼から離れざるを得なくなった。／

因為有非處理不可的要事，父親出門去了。

因為和他意見相左，我不得不離開他了。

○ 内野内閣はとうとう新しい失業対策をとらざるを得なかった。／

○ 内野内閣不得不採取新的挽救失業對策。

○ その事件があってから、さすが彼も、蔵相を辞職せざるを得なくなった。／

發生那件事件以後，即使優秀如他也不得不辭去財政部長一職。

6 否定助動詞ない、ぬ構成的慣用型

1 「～ないでいる」、「～ずにいる」

～ないで是否定助動詞ない的終止形後接で構成的；～ずに是否定助動詞ぬ的連用形，它們都接在動詞、動詞型助動詞ない的未然形下面，然後後接いる。ないで、ずに都是連用修飾語，修飾いる，いる是述語的主要動詞。兩者的意思相同，都表示現在處於某種否定的狀態，可譯作中文的**沒有**、**一直沒有**。

○ 私は言おうと思いながら、まだ言わないでいる。（○言わずにいる）／

我雖然想說，可是一直都沒有說。

○ 旅行へ行くには行くが、どの観光地に行くかまだ決まらないでいる。（○ずにいる）／

會去旅行，但到哪一個旅遊景點還沒決定。

○行くと約束しておいたが、色々な仕事に追われてまだ行かないでいる。（○ずにいる）／
雖然約好要一起去，但忙於工作還一直沒成行。

○書くことが多すぎて何から書いていいか分からず、いまだに書かないでいる。（○ずに
いる）／要寫的事情太多不知道從何寫起，直到現在還一直沒有動筆。

2 「～ないで（は）いられない」、「～ずに（は）いられない」

它和前面的ないでいる、ずにいる不同，ないで是否定助動詞ない終止形下面後接で構
成的；而ずに則是否定助動詞ぬ的連用形；いられない是動詞いる的否定能動態。而ないで、
ずに作為連用修飾語修飾下面的句子述語いられない。兩者意思完全相同，都表示**情不自禁地**
就…、**禁不住**…。例如：

○あまりおかしかったので、笑わないでは（○笑わずには）いられなかった。／
因為太可笑了，忍不住就笑了出來。

○彼のけしからぬ話を聞いて私は腹を立てないでは（○立てずには）いられなかった。／
聽了他講的那些鬼話，我忍不住火了起來。

○その話を聞くと、私はぶっきらぼうに答えないでは（○答えずには）いられなかった。／聽了那句話，我很難好聲好氣得回答。

○その建物を見て、古人の偉大さを感じないでは（○感ぜずには）いられなかった。／看到那個建築，不由得感到古人的偉大。

3　「～ないではおかない」、「～ずにはおかない」

ないで是否定助動詞ない終止形後接で構成的；ずに是否定助動詞ぬ的連用形，卻接在動詞的未然形下面，修飾下面的述語おかない。它們是書面語言，多用在文章裡、演講裡，表示

不…不罷休，可譯作中文的一定會，自然會…等。

○その小説は読む人々に深い感銘を与えないでは（○ずには）おかなかった。／那本小說自然會帶給閱讀的人們深深的感動。

○いい映画だから、多くの人々に深い興味をわき起こさないでは（○ずには）おかないだろう。／一部好電影，自然會引起人們的興趣。

○異常気候は各国の農業、経済、貿易などに影響をもたらさずにはおかない。（○ない

ではおかない）／異常的氣候，一定會給各國的農業、經濟、貿易帶來影響。

○猛烈な労働と毒々しい埃はたちまち病気を引き起こさないでは（○ずには）おかない。／過份勞動和有毒的塵埃一定很快就會引發疾病。

有時也用～ないではおかれない（おけない）、～ずにはおかれない（おけない），語氣更強，表示不能不…。

○子供たちがこんなに見たがっては見せないでは（○ずには）おかれない。／孩子們那麼想看，就一定要讓他們看才對。

助動詞ない、ぬ慣用型另外還有一些，在此則不再一一舉例說明。

第七章　希望助動詞たい、たがる

希望助動詞有たい、たがる兩種形態不同的助動詞，都表示願望。

① 希望助動詞「たい」

① 「たい」的接續關係及其意義

たい接在意志動詞中的自、他動詞的連用形下面，也接在助動詞れる、られる、せる、さ

せる的連用形下面，構成表示願望的連語。相當於中文的**想**、**要**、**希望**等。例如：

読む→読みたい

見る→見たい

覚える→覚えたい

来る→来たい

参加する→参加したい

褒められる→褒められたい

行かせる→行かせたい

但它不能接在無意志動詞和可能助動詞的下面，因此下面的說法是不通的。

×分かる→分かりたい

×見える→見えたい

×泳げる→泳げたい

分かる、見える、泳げる都含有可能的含義，它們都是無意志動詞。

② 「たい」的活用

たい和形容詞的活用相同，有未然形、連用形、終止形、連體形、假定形，但沒有命令形。

★**終止形**　用たい來結束句子，或後接し、と、が、けれども、から以及傳聞助動詞等。

○日本の映画が見たい。／我想看日本電影。

○私は日本の歌が習いたいし、日本の踊りも学びたい。／

我既想學日本歌，也想學日本的舞蹈。

○日本（にほん）へ行（い）きたいけれども行（い）く機会（きかい）はない。／我想去日本，但還沒有機會去。

★未然形　用たろう後接う表示推量。但在實際使用上多用たいだろう代替たかろう。

○君（きみ）も日本（にほん）の映画（えいが）を見（み）たかろう。（○たいだろう）／你也想看日本的電影吧！

○彼（かれ）も日本（にほん）へ留学（りゅうがく）に行（い）きたかろう。（○たいだろう）／他也想去日本留學吧！

★連用形　用たく後接用言，如後接形容詞ない構成否定形式，或作連用修飾語來用。

○私（わたし）は日本（にほん）へ留学（りゅうがく）に行（い）きたくても行（い）かれなっかた。／

○そんなつまらない映画（えいが）は見（み）たくない。／我不想看那麼無聊的電影。

我雖然想去日本留學，但沒有去成。

たく接ございます、存（ぞん）じます時要發生音便成為たう，讀做とう。例如：

○私（わたし）もその映画（えいが）が見（み）とうございます。／我也想看那部電影。

○私（わたし）も拝見（はいけん）いたしとう存（ぞん）じます。／我也想看一看。

★連體形　用たい，後接體言或在下面接ので、のに等。

○あなたが見（み）たい映画（えいが）はどんな映画（えいが）ですか。／你想看什麼電影呢？

○日本（にほん）へ行（い）きたいので、日本語（にほんご）を習（なら）い始（はじ）めた。／

因為我想去日本，因此開始學日語。

★**假定形**　用たければ後接ば，構成たければ作順態假定條件來用。

○君がその映画を見たければ、一緒に見に行きましょう。／你要想看那部電影的話，我們一起去看吧！

○そんなに行きたければ行くがいい。／你那麼想去，就去好了！

③「たい」的用法

たい表示講話人的某種願望，它的使用會受人稱的限制。

1　主語是第一人稱的句子，述語可以用「たい」，也可以用由「たい」變化成「たくない」、「たかった」等各種表達方式，來表示講話人自身的希望。相當於中文的「我想…」等。

○日本の映画が見たい。／我想看日本電影。

○今は忙しい時だから、旅行に行きたくない。／現在是很忙的時候，我不想去旅行。

○その本はずっと前から買いたかった。／那本書我從很早就想買。

2 主語是第二人稱時，用「たい」、「たくない」只能用來詢問對方的意向。相當於中文的「你想…嗎？」

○中学校にいた時、君はお医者さんになりたかったですね。／

○君は大学に入りたかろう。（○たいだろう）／你也想上大學吧！

○也可以用たかろう（たいだろう）、たかった表示推量或過去的希望。

○君も旅行に行きたくないか。／你不想去旅行嗎？

○君も日本の映画が見たいかね。／你也想看日本的電影嗎？

國中的時候，你想當一個醫生吧。

3 講第三人稱的希望時，只能在句末用「～たかろう」、「たいようだ」等表示說話者對第三人稱希望的推量，也可以用「たかった」，表示第三人稱過去的希望。相當於中文的「他想…吧」、「他想…了」。

○彼も日本の映画が見たいのだろう。／他也想看日本的電影吧！

○李さんもその本を買いたかろう。／李先生也想買那本書吧！

○一部の学生は旅行に行きたくないようだ。／一部分學生好像不想去旅行。

○中学校にいた時、兄はスポーツマンになりたかったようだ。／國中的時候，哥哥好像想當個運動員的樣子。

第二、三人稱作主語時，也可以用～たいと思っている、～たいと言っている。例如：

○彼はお医者さんになりたいと思っている。／他想當一個醫生。

○李君は日本の大学に入りたいと言っている。／李同學說他想上日本的大學。

○君も日本へ旅行に行きたいと思っているね。／你也想到日本旅行。

因此下面這樣以たい、たくない結束的句子，以第二人稱、第三人稱作主語是不對的。

×君も酒を飲みたい。　×彼は何もしたくない。

這樣的句子之所以不通，主要是因為具有這種希望、要求的當事者的**君**、**彼**，他們的想法，說話者是不得而知的，因此用たい或用たくない結尾是錯誤的。

但也有下面這種例外的情況：

①用在假定條件句子，第二、三人稱是條件句的小主語時，也可以用「たい」、「たくない」表示假定的變化形，用來表示假定。

○（君が）読みたければ、その本を貸してあげますよ。／
你想看的話，我可以把那本書借給你。

○（君が）引き受けたくなければ断ってもかまいません。／
你不願意接受的話，也可以拒絕。

○彼が行きたくなければ行かなくてもいい。／他不想去的話，不去也可以。

○テレビが見たいから急いで帰って来た。／（我）想看電視，所以急急忙忙趕回來了。

但用在確定條件句時，條件句用～たい時，仍多是第一人稱作條件句的主語。例如：

不過同是表示確定的條件句，整個句子是表示推量的句子時，第二、三人稱作條件句的主語時，它的述語也可以用たい。

○彼は僕に会いたくないから、来なかったのだろう。／
他不願意見到我，所以才沒來的吧！

上述句子之所以能用会いたくない，主要是由於整個句子是推量語氣。

② 「たい」作連體修飾語用時，第二、三人稱有時可以做「たい」的小主語來用。這時可以認為是「～たいと思っている」的簡化說法。例如：

○ （あなたが）見たい所があったら、いつでもご案内いたします。／
你如果有想看的地方，我隨時都可以為你介紹。

○ 読みたい本はいつでも自由に持って行ってお読みください。／
你想看的書，隨時都可以拿去看！

上述句子都含有假定的意思，因此可以用見たいところ、読みたい本。

④ ～を～たい、～が～たい

たい所接的動詞是自動詞時，這時除了在動詞下面接たい外，沒有任何變化，這樣就構成希望句。例如：

○ 私は働く。↓私は働きたい。／我想工作。

○ 私は行く。↓私は行きたい。／我想去。

たい所接的動詞是他動詞時，除了在動詞下面接たい外，它的受語助詞を往往要換用が，並且多用が。例如：

○水を飲みたい。→○水が飲みたい。／我想喝水。

○日本の映画を見たい。→○日本の映画が見たい。／我想看日本電影。

○少しお金を借りたい。→○少しお金が借りたい。／我想借點錢。

像上面這些句子，用が還是用を兩者都通，但是多用が。

但也有下面這樣習慣上用を而不用が的情況：

1 「たい」所接的動詞是多音節的動詞時，如「片付ける」（收拾）、「取り止める」（停止）、「取り付ける」（安裝）、「取り寄せる」（拿來）等，這些動詞前面的助詞仍然用「を」，而不用「が」。例如：

○出かける前に、この部屋を（×が）片付けたい。／我想在出發以前，把房間收拾收拾。

○玄関にベルを（×が）取り付けたい。／我想在大門上安裝個電鈴。

2 「たい」下面接有「～と思う」、「～という」，即「たい」成為「思う」、「いう」的內容，以「たいと思う」、「たいという」來結束時，一般仍用「を」，而不用「が」。

○一日も早くこの本を（×が）出したいと思っている。／我想早一天出這本書。

○彼も日本語を（×が）習いたいと言っている。／他說他也想學日本語。

3 「～たい」所接的動詞是移動動詞時，表示這一移動動詞的移動場所、離開地點等時用的「を」，而不用「が」。例如：

○空を飛ぶ。→空を（×が）飛びたい。／我想在天空飛。

○富士山を登る。→富士山を（×が）登りたい。／我想登上富士山。

○公園の中を散歩する。→公園の中を（×が）散歩したい。／我想在公園散步。

○田舎を出る→田舎を（×が）出たい。／我想離開鄉下。

○その川を（×が）泳いで渡りたい。／我想游過那條河。

○あしたの晩に、台北を（×が）たちたいと思っている。／我想明晚離開台北。

4「たい」所接的動詞與它的受詞之間有其他的單詞，一般仍用「を」，而不用「が」。例如：

○それを（×が）君の口から聞きたかった。／我想聽你親口說。

○このお金を（×が）全部差し上げたいと思う。／我想把這些錢全部送給你。

以上是用を而不用が的主要情況，另外可能還有一些用を的情況，就不再舉例說明。

2 希望助動詞「たがる」

它是用在口語裡的文語表現。

① 「～たがる」的接續關係及其意義

～たがる 是在希望助動詞たい語幹た い語幹下面後接接尾語～がる 構成的。也接在意志動詞中的自、他動詞、受身助動詞、使役助動詞等連用形下面，構成表示希望的連語，表示其他人顯露在外的願望，相當於中文的**想**、**要**、**希望**等。例如：

読む→読みたい→読みたがる
見る→見たい→見たがる
覚える→覚えたい→覚えたがる

② 「～たがる」的活用

～たがる的活用與たい不同，它接在五段動詞的活用型來變化，但它只有未然形、連用形、終止形、連體形、假定形，而沒有命令形。

它同樣不能接在無意志動詞下面。

行かせる→行かせたい→行かせたがる

褒められる→褒められたい→褒められたがる

参加する→参加したい→参加したがる

来る→来たい→来たがる

★ **終止形**　用～たがる來結句或後接し、と、が、けれども、から及傳聞助動詞そうだ等。

○みんなは日本の映画を見たがる。／大家都想看日本的電影。

○彼が行きたがるから、行かせた。／他想去所以讓他去了。

★ **未然形**　用～たがら，後接ない、ぬ，表示否定。

○あんなつまらない映画はみんな見たがらない。／那種無聊的電影，大家都不想看。

但它沒有表示推量的～たがろ（う），表示推量一般用たかろう。例如：

〇みんな日本の映画を見たかろう。（×見たがろう）／大家都想看日本電影吧！

★**連用形** ①用たがり，後接用言。例如：

〇みんな日本の映画を見たがります。／大家都想看日本的電影。

②用たがって後接て、た等。

〇彼は映画ばかり見たがって勉強の方はお留守なんですよ。／

他只想看電影，荒廢了學業。

★**連體形** 用たがる，後接體言或ので、のに。

〇若い者は外国の映画を見たがるものだ。／年輕人就是愛看外國電影。

〇あまり行きたがるものだから、ついに連れて行った。／

他很想去，所以就帶他去了。

★**假定形** 用たがれ後接ば，構成～たがれば，但這種用法使用時機較少，一般都用たい的假定形たけれ（ば）來代替。例如：

〇行きたければ（〇行きたがれば）いつでも行っていいんです。／

如果想去的話，隨時都可以去。

③ 「～たがる」的用法

1 「～たがる」的詞性，由原來所接的動詞詞性決定。原來是自動詞，原來是他動詞，接「～たがる」後依然是他動詞，這時受詞下面的助詞仍用「を」。例如：

○王さんも日本へ行きたがっている。／王先生也想去日本。
○彼も選手として運動会に出たがっている。／他也想以選手身份參加運動會。
○みんなも日本の映画を見たがっているんですね。／大家都想看日本電影吧！
○李さんも日本の小説を読みたがっている。／李先生也想看日本小說。

2 「～たがる」多用來講第三人稱，有時也用來講第二人稱顯露在外的願望。即說話者所看到的第二人稱或第三人稱所表現出來的願望。因此多用來敘述第二、三人稱所懷有的、持續著的希望心情。例如：

○彼は何も食べたがらない。／他什麼也不想吃。

○彼はしきりに彼女の事を知りたがった。／他多次想要知道她的情況。

○君も日本の映画を見たがるんですね。／你也想看日本電影吧！

○子供はすぐ大人の真似をしたがるものだ。／孩子會很快得想跟著模仿大人。

○そんなに行きたがるなら、行かせてやれ。／他那麼想去的話，就讓他去吧！

3 在講自己過去的願望，或敘述其他人講到自己過去某一時期的願望時，也可以用「～たがる」。例如：

○あのころは私は休みになれば、山登りをしたがったものだ。／那時候我一到假日，就想去爬山。

○私は子供のごろ、よく動物園へ行きたがったようだ。／我小時候，常喜歡到動物園去。

○李さんは僕が酒を飲みたがっていると思っている。／李先生那時以為我喜歡喝酒。

用在條件句裡，有時也可以用第一人稱作主語。例如：

○私がハイキングに行きたがっても、父は許してくれません。／

我想去郊遊，但父親不准我去。

第八章 指定助動詞だ、です

1 指定助動詞「だ」

指定助動詞也稱作**斷定助動詞**，有だ、です兩種。だ用在常體的句子裡，屬於形容動詞型活用的助動詞；而です是敬體，用在敬體的句子裡，屬於特殊型活用的助動詞。這樣兩者雖然意義相同，但構成的句子語氣不同：だ構成的句子是普通的說法，比較隨性；而です構成的句子是鄭重而規矩的說法。

1 指定助動詞「だ」的接續關係

だ接在體言（名詞、代名詞、數詞）下面，或具有體言資格的其他單詞（如某些助詞）下面。例如：

○ 京都は日本の古い都だ。／京都是日本的古都。

○悪いのは僕だ。 ／是我不好。

○五に五をかけると二十五だ。 ／五乘五是二十五。

○来ないのは王さんだけだ。 ／沒來的只有王先生。

○頭が痛いのは風邪を引いたからだ。 ／頭痛是因為感冒了。

用在疑問句裡，終助詞か、かしら不能接在助動詞だ下面，而要直接接在體言（名詞、代名詞、數詞）下面來用。例如：

○奈良は日本の古い都か。 ／奈良是日本的古都嗎？

○悪いのは僕か。 ／是我不好嗎？

○あの方はあなたの弟さんかしら。 ／他是你的弟弟嗎？

它一般不能直接接在用言、助動詞下面，因此下面的說法是不通的。

×日本は物価が高いだ。

×雨が降っているだ。

這時一般不用だ來講。即：

② 指定助動詞「だ」的活用

它按形容動詞だ活用來變化。

★ **終止形**　用だ，除了用來結束句子外，也可以在下面接助詞と、し、が、けれども、から以及傳聞助動詞そうだ。但不能在下面接終助詞か、かしら等。

○日本は物価が高い。／日本物價高。

○雨が降っている。／在下雨。

但用だろう表示推量時，可接在用言下面。

○日本は物価が高いだろう。／日本的物價很高吧！

○雨が降っているだろう。／外面在下雨吧！

○湯川秀樹は日本の有名な物理学者だ。／湯川秀樹是日本著名的物理學家。

○あそこは静かな所だ。／那是一個安靜的地方。

○静かな所だそうだ。／聽說那是一個安靜的地方。

○静かな所だけれども交通は不便だ。／那雖然是個安靜的地方，但交通不方便。

作為女性用語體言作述語時，常將一些終助詞よ、ね直接接在體言下面，而省略使用だ。

而男性用語則仍將だ保留再加上終助詞使用。

○これは李さんの眼鏡よ(○だよ)／這是李老師的眼鏡！

○なかなかにぎやかな所ね(○だね)／真是個熱鬧的地方啊！

★未然形　用だろ後接う構成だろう，表示對事物的推量。

○あれは富士山だろう。／那是富士山吧！

○大きな都会だから、人口が多いだろう。／因為是個大城市，所以人口很多吧！

★連用形　比較複雜。

①用だっ後接た，表示過去或完了；後接たり，表示並列。

○京都は明治維新前の都だった。／京都是明治維新前的國都。

○会場は公会堂だったり、学校の講堂だったりして決まっていません。／會場可能會在公會堂，或是學校禮堂，還沒有確定。

②用で表示中止；或在下面接ない構成～で(は)ない表示否定。

○父は学校の先生で、母は医者だ。／父親是學校的老師，母親是醫生。

○これは日本製ではない。／這不是日本製的。

★ **連體形**　用な，但一般很少在下面接體言，只能後接ので，のに構成確定條件。

○ 休日なので人出が多い。／因為是假日，街上人很多。

○ もうすぐ時間なのに、彼はまだで出て来ない。／時間快到了，可是他還沒有來。

★ **假定形**　用なら，多單獨使用，也可以在下面接ば，表示下面幾種含義：

① **構成順接假定條件，相當於中文的假若是…、如果是…。**

○ 旅行に行くなら一緒に行きましょう。／你要去旅行的話，就一起去吧！

○ やれるなら、やってごらんなさい。／你如果能做，就試看看！

② **表示提示條件，這時一般用在句首，表示提示某一問題，含有關於…的意思。相當於中文的…啊、…嘛等。**

○ 時間なら心配はありません。／時間的話，不需要擔心！

○ 王さんなら、そんなことを言うはずはありません。／王先生他啊！是不會那麼說的。

② 指定助動詞「です」

如前所述，它與だ的意思相同，用在敬體的句子裡，語氣鄭重規矩。

① 「です」的接續關係

1 接在體言（名詞、代名詞、數詞）下面，表示「斷定」，相當於中文的「是」。

○ 東京タワーは東京で一番高い建物です。／東京塔是東京第一高的建築物。

○ 百点をとったのは李さんと孫さんです。／得了一百分的是李同學和孫同學。

2 構成疑問句時，終助詞「か」、「かしら」可以接在「です」下面，構成

「ですか」、「ですかしら」。

○悪いのは私ですか。／是我不好嗎？

○あの方はあなたの弟さんかしら。／那位是你的弟弟嗎？

它同樣不能直接接在動詞、部分助動詞下面，但可以用形容詞です，不過這時的です可以認為是です型形容詞的語尾，而不是指定助動詞。

○日本は物価が高いです。／日本物價高。

有時接在動詞＋の的下面，構成動詞のです來用，表示原因或情況。（詳見下一節）

○外で音がします。雨が降っているのです。／外面有聲音，是（因為）在下雨。

○僕はどうしても今日帰るのです。／我今天無論如何都要回去。

② 「です」的活用

★ **終止型** 用です。

它既和形容詞、形容動詞的變化不同，也和動詞的變化不同，是一種特殊的活用型。

○銀座は東京で一番にぎやかな所です。／銀座是東京最繁華的地方。

○明日は日曜日ですけれども、うちの店は休みません。／銀座是東京最繁華的地方。

明天雖然是星期天，但本店不休息。

★未然形　用でしょ後接う構成でしょう，表示推量。例如：

○これは周先生の辞書よ（○ですよ）／這是周老師的字典！

但它和だ不同的是：女性也常用ですよ、ですね，同時也可以用よ、ね。例如：

○于さんは面白い人ね。（○ですね）／于先生是個很有意思的人！

另外沒有～ですそうです的用法，而要用～だそうです。

○新宿もにぎやかな所だそうです。（×ですそうです）／聽說新宿也是熱鬧的地方。

○新宿もにぎやかな所でしょう。／新宿也是個熱鬧的地方吧！

★連用形　比較複雜：

①用「でし」後接「た」表示過去或完了。

○その会社は前は小さな商店でした。／那家公司以前是個小商店。

有時也用でして來結束句子，與でした的意思相同。這麼用時語氣鄭重和緩。多在互相寒

暗時。

○お具合（ぐあい）が悪（わる）そうで、ちっとも存（ぞん）じませんでして。／

你身體不太好的樣子，我完全不知道。

○おじいさんはさんざん苦労（くろう）をした人（ひと）でしてね。／爺爺是個吃過許多苦的人。

② 用「で」表示中止，或後接「ある」構成「である」，表示「是」；後接「ない」構成「で（は）ない」，表示否定，中文意思是「不是」。例如：

○姉（あね）は音楽家（おんがくか）で、妹（いもうと）は舞踏家（ぶとうか）です。／姊姊是個音樂家，妹妹是個舞蹈家。

○彼（かれ）は松本清張（まつもとせいちょう）ほど有名（ゆうめい）な作家（さっか）ではない。／他不是像松本清張那麼有名的作家。

★ 連體形　也用です，後接ので、のに，但用時較少，這時多用たので、たのに來代替ので、ですのに。

★ 假定型　沒有。需要時用だ的假定形なら來替代。

★ 命令型　沒有，一般用同義的である的命令形であれ來替代。

○立派（りっぱ）な学生（がくせい）であれ。／你要成為一個好學生！

3 だ與のだ、です與のです

です、のです與だ、のだ相同，為了說明方便起見，在這裡只就だ與のだ做些說明。

1 「だ」一般用「～は～だ」句式

① 做為述語的一部分來用，表示對事物的斷定，這是它的基本用法。相當於中文的「是」。

○ 鯨は哺乳動物だ。／鯨魚是哺乳類動物。

○ あの人は欠点の少ない人だ。／他是一個缺點很少的人。

② 表示強烈的感情。中文也譯作「是」，有時譯不出。

○ あっ、素晴らしい虹だ。／啊！美麗的彩虹啊！

○地震だ。早く外へ出ろ。／地震啦！快出去吧！

② 「〜のだ」

接在體言「な」下面，或接在動詞助動詞的連體形下面。表示下面幾種意思：

① **表示出現某種情況的原因，因此它含有「因為」的意思。有時譯不出。**

○この辺は昔海だったのだ。したがって、今でも貝の化石が多く発見されている。／這一帶從前是海，因此經常發現許多貝殼的化石。

○電車の事故があったん（の）です。それで遅刻してしまいました。／因為電車出了事故，因此才遲到了。

上述兩個句子都在後頭說明出現某種情況，而在前一項用のだ說明出現這一情況的原因。

② **用來說明出現的情況。**

○大学在学中に父親が死んだ。そのために彼は大学を中退しなければならなくなったのだ。／在上大學的時候父親死了，因此他不得不休學。

○台風が近付いているから、天気がぐずついているのです。／

○台風が近付いているから、天気がぐずついているのです。／

颱風靠近，所以天氣悶熱得很。

以上兩個句子的のだ、のです的主要用法都是用來說明出現的情況，除此之外のだ（のです）還有下面的用法：

③**表示簡單的命令，這時很少用のです。**

○お前はもう帰るのだ。／你該回去了！

○これからよく復習するのだ。／今後要好好複習啊！

④**表示自己的決心，這時也很少用「のです」。**

○僕はどうしても今日行くのだ。／我今天無論如何都要去。

○必ず日本語を身につけるのだ。／一定要學會日語。

⑤**加強語氣**

○今となってどうする事も出来ないのだ。／事到如今也沒有辦法了。

以上是のだ的主要用法。

4 〜だろう與のだろう、でしょう與のでしょう

〜だろう與〜のだろう和〜でしょう與〜のでしょう意思相同，為了說明方便，在這裡只就〜だろう與〜のだろう加以說明。

①「〜だろう」

表示對周圍事物情況進行的推斷，這種推斷既可以是有充分根據的，也可以是由主觀的認知所作出的判斷，相當於中文的…吧。

○今晩は雨が降るだろう。／今晩會下雨吧！

○今頃は山は紅葉が綺麗だろう。／現在山上的紅葉很美麗吧！

○母は生きていたら、さぞ喜んでくれただろう。／

斷。

母親要是還活著的話，一定會很高興吧！

有時也可以在下面接～と思う、～と思った、～と考える、～と考えた來表示自己的推

○その事は田中さんに聞けば教えてくれるだろうと思う。

那件事問問田中先生，他會告訴你的。

○これから物価がだんだん上がるだろうと私は考える。

我認為今後的物價將逐漸上漲。

○その時私にはその問題が出来ないだろうと思った。／

當時的我不認為自己可以解決這個問題。

如果表示第二、三人稱的推斷，現在的推斷要用～だろうと思っている、～だろうと考

えている，過去的推斷則要用～だろうと思っていた、～だろうと考えていた。

○彼は二三日のうちに退院できるだろうと思っている。／他認為兩三天內就能出院。

○内山はとても相手に勝てないであろうと人々は考えていた。けれども負けたのは内山

ではなく相手であった。／

人們都認為內山是敵不過對方的，但輸家卻不是內山。

② 「〜のだろう」

接在名詞＋な或用言助動詞連體形下面。

1 表示以出現的情況為基礎，推斷出現這些情況的原因。在口頭語言中多用「〜んだろう」、「〜んでしょう」，書面語言則多用「〜のであろう」，意思相同。可譯作「因為…」、「也許是因為…」，有時不譯出。

○ 休日でもあるのだろう。どこでも人出一杯です。／

○ 父は今いないが、どこかに出かけたのだろう。／父親現在不在，也許是外出了。

○ 皆嬉しそうな顔で帰って来たから、きっと試合には勝ったのだろう。／大家興高采烈地回來了，一定是贏了比賽。

○ 明かりが消えているから、もう寝てしまったのだろう。／

也許是因為假日，每個地方都好多人。

已經熄燈了，所以大概是睡了吧！

上述句子都是後面用了～のだろう來說明前面句子的原因。

2 用來說明出現情況

在中文裡有時譯作的吧，有時不譯出。

○雨が降っていたから、彼は行かなっかたのだろう。／
因為下著雨，所以他才沒有去的吧！

○来たくないと言っていたから、彼は来ないのだろう。／
他說不想來所以不會來的吧！

上述兩個句子都是用來說明情況的，即由於前項的原因，才出現後項的結果、情況。

但也有下面這種說明情況的句子，在句子裡沒有出現前半句的原因，這時表示根據自己的常識或自己的經驗才這麼講的。

○デパートなら売っているのだろう。／百貨公司會賣的吧！

○一週間もすれば治るのでしょう。／一個星期就會好的吧！

這兩句是根據自己的經驗或了解，而做出的判斷。

5 だ、です的特殊用法及其慣用型

以上是だ、です的基本用法，但有些問題，僅依靠上述的說明，還是不易理解的，還需要進一步說明。

① 「～は～だ」構成的慣用型

1 「果物はみかんだ」

這個句子直譯則是**水果是蜜柑**，這麼講句子是不通的，但究竟是什麼意思呢？在日語裡名詞Ａは名詞Ｂだ、名詞Ｂは名詞Ａだ，這時一般是Ａ＝Ｂ，即Ａ和Ｂ是同一種事物。無論は還是だ這兩個句子都相當於中文的**是**。這是學習中常見的用法。例如：

○東京は日本の首都だ。／東京是日本的首都。

〇日本の首都は東京だ。／日本的首都是東京。

但是有時候A並不等於B，這時就讓人難以理解，但實際使用時是有這種情況的。如B是A種，而A含蓋了B，這時用B是Aだ句子是通的。相當於中文的是。例如：

Aだ的句型即A包括了B，A是所謂的大範圍名詞，B是小範圍名詞時，也就是B是A中的一

〇みかんは果物だ。／蜜柑是水果。

〇うなぎは魚だ。／鰻魚是魚。

〇高倉健は男の俳優だ。／高倉健是男明星。

但用AはBだ時，意思則完全不同了，如果譯作是時，句子是不通的。這時的是雖也表示提示講話的主題，但它與なら相同；而A形式上雖是主語，但實際上是提示語，至於述語裡的だ，雖也是指定助動詞，但它代替了某一個用言（動詞、形容詞等）或某一個文節，這樣可以有幾種解釋：

〇果物はみかんだ。

〇①＝果物はみかんだ。／水果中就屬蜜柑最好。

〇①＝果物はみかんが一番いいのだ。／水果中就屬蜜柑最好。

〇②＝果物はみかんが好きだ。／水果的話我喜歡吃蜜柑。

○③＝果物はみかんを買うのだ。／要買水果的話就要買蜜柑。

○男の俳優は高倉健だ。

○①＝男の俳優は高倉健だ。

○②＝男の俳優は高倉健が一番いいのだ。／男明星之中高倉健最好。

○②＝男の俳優は高倉健が代表だ。／男明星的話，高倉健就是代表。

遇到這種情況，則要根據講話當時的情境來加以理解，再比如像下面這樣的句子

○肉は牛肉が好きだが、魚はうなぎだ。／肉類喜歡吃牛肉，魚則喜歡吃鰻魚。

○女の俳優は山口百惠が一番いいが、男の俳優は高倉健だ。／

女演員山口百惠最好，男演員的話，高倉健最好。

2 「僕は鰻だ」

一般用AはBだ、BはAだ時，A、B是同一類東西，如果A是人則B也是人，A是事物則B也是事物。但僕は鰻だ這種情況則不同了，A是某一個人，而B是一種魚類，將它直譯成中文則是我是鰻魚，這樣是不通的。那麼代名詞A是名詞X だ這一句式究竟是什麼意思呢？

日本語言學家奧津敬一郎教授最初以僕は鰻だ這一句型來說明這一用法。據奧津教授解釋，

Ｘだ中的だ代替某些用言（動詞、形容詞等），因此它可以表示多種意義，這要根據講話當時的情況來加以理解或翻譯。奧津教授是這樣解釋的。

○僕は鰻だ。

①＝僕は鰻を食べるのだ。／我要吃鰻魚。

②＝僕は鰻が好きだ。／我喜歡鰻魚。

③＝僕は鰻を買うのた。／我買鰻魚。

④＝僕は鰻を釣るのだ。／我釣鰻魚。

○僕は神田だ。

①＝僕は神田の生まれだ。／我出生在神田。

②＝僕は神田から来たのだ。／我是從神田來的。

③＝僕は神田へ行くのだ。／我是去神田。

○僕はこれからだ。

①＝僕はこれから仕事を始めるのだ。／我現在開始工作。

②＝僕はこれから休むのだ。／我現在開始休息。

○③＝僕はこれから行くのだ。／我現在去。

因此用ＡはＸだ時可以認為是某種句子的省略説法，究竟是什麼意思，要根據講話當時的情況，前後句子的關係來理解。

3 「人間は人間だ」

將它譯成中文則是人是人，這樣譯出來誰都會感到奇怪的。但在實際語言生活中是這麼講的。

①用「ＡはＡだが～」

這時前後兩個Ａ都表示具體的東西、具體的人、具體的地方等，用接續助詞が，連接前後兩項，在後項講出說話者的看法。相當於中文的Ａ雖然是Ａ，但…、Ａ固然是Ａ，但…。例如：

○人間は人間だが、怠ける人間だ。／雖然是個人，但是個懶人。

○田舎は田舎だが、生活は都会とはあまり変わらない。／雖然是鄉下，但生活和城市裡沒什麼差別。

②用「AはAだから〜」

這時前面的A仍然表示具體的事物、具體的場所，而後項的A則表示抽象的事物等，即具有A這一特點、性質的事物、人、場所等。相當於中文的「A畢竟是A，但…」、「A到底是A，但…」。

○老人は老人だから、とてもそんなに遠くまでは歩いて行けない。／老年人畢竟是老年人，是走不了那麼遠的。

○人間は人間だから、始終寝てばかりいては暮らせない。／人畢竟是人，不能一天到晚睡覺過生活的。

○人間は人間だから、始終寝てばかりいては暮らせない。／人畢竟是人，不能一天到晚睡覺過生活的。

③用「AはAで〜」

這裡的で是指定助動詞的中止形，AはAで〜則表示A畢竟是A，有A的特點，所以才如何。相當於中文的A到底是A…、A畢竟是A…或根據前後關係適當地譯成中文。

○子供は子供で毎日遊んでばかりいる。／孩子到底是孩子，整天都在玩。

○あなたがそういうけれども、彼は彼で別の考えもあろうから聞いてみた方がいい。／你雖然那麼說，但他畢竟是他，他也許有他的想法，還是問一問他好了。

②「なら」構成的慣用型

なら是だ的假定形，主要用來表示順態假定條件，相當於中文的**假如…**。它構成的慣用型也含有假定的意思。

1 「～ぐらいなら～方がいい」

構成Aぐらいなら B の方がいい句式，以蔑視的語氣舉出某一事例A，認為A這一事例並不可取，而應該選擇述語中所講的事例、活動B等，因此述語多用～方がいい、～方がましだ等。相當於中文的**與其…不如…**等。例如：

○こんなに人に面倒をかけるぐらいなら、入院した方がいい。／

與其這樣麻煩人，不如去住院還比較好。

○途中でやめるぐらいならやらない方がましだ。／

與其中途停止，不如不做還比較好。

○お喋りする暇があるぐらいなら、小説を読みたいですね。／

與其花時間瞎聊，不如看看小說還比較好。

2 「～ものなら～」

ものは形式體言，而なら則是だ的假定形，仍表示順態假定條件，它有下面兩種用法：

①接在表示推量的助動詞「う」、「よう」的連體形下面，構成順態假定條件，引出下面的消極情況。相當於中文的「如果…那…」、「萬一…那…」。

○もう少し手術が遅れようものなら、命を落としていただろう。
／如果再晚一點手術的話，那就沒有命了。

○失敗しようものなら、大変なものになる。
／如果失敗了的話，那就不得了了。

②接在動詞可能態下面，構成順態假定條件，引出幾項自己對這假定的希望。相當於中文的「如果…」。

○それぐらいの練習で勝てるものなら、勝って欲しいね。
／如果做這種程度的練習就能獲勝的話，我可真希望你能贏啊！

○やれるものならやってみなさい。
／如果你能做的話，你就試試看！

6 （附）～である、～であります

～である、～であります都與指定助動詞だ、です的意義、用法相同，因此有的學者認為它們是指定助動詞的一種，也都相當於中文的**是**。

① ～である

1 「～である」的接續關係

～である是在指定助動詞だ的連用形で下面接ある構成的，與だ相同，也接在體言或具有體言資格的各種單詞下面，與だ的意義大致相同，也相當於中文的**是**。

学生<ruby>学生<rt>がくせい</rt></ruby>だ→学生<ruby>学生<rt>がくせい</rt></ruby>である

来<ruby>来<rt>く</rt></ruby>るのだ→来<ruby>来<rt>く</rt></ruby>るのである

ないからだ→ないからである

但它是書面語言，多用於文章中，很少用在口語裡。

它的活用按動詞ある的活用進行變化。

2 「～である」的意義、用法

① 構成述語　與「だ」、「です」作述語的用法相同，可換用「だ」、「です」。相當於中文的「是」。

○ 僕は欠点の多い人である。／我是一個缺點多的人。

○ 東京は日本の首都で、日本一の大都会である。／

東京是日本的首都，是日本第一的大城市。

○ 台湾では特に蒸し暑いのは湿度が高いからである。／

在台灣特別悶熱是由於濕度高的緣故。

② 構成同位語，即用在兩個名詞之間，表示前一個名詞與後一個名詞是同一事物。譯成中文不必特別譯出。「だ」、「です」沒有這一用法。

○ 日本の首府である東京は日本一の大都会である。／

○日本的首都東京是日本第一的大城市。

○三十歳になって始めて私のふるさとであるこの港町に帰って来た。／

到了三十歳，我才回到我的故郷海港城市。

③**接在句末的形式體言「の」之後，將述語橫展開來，用來闡述原因，說明情況。**

○熊は死んでいるのではなくて、深い眠りにおちこんでいるのであった。／

熊並不是死了，而是進入了深層的冬眠當中。

○我々はできるはずのない事ができたのである。／我們完成了不可能的任務。

也用來加強語氣。

④**與指定助動詞「だ」的連體形「な」結合起來，構成「なのである」用以結尾，這樣構**

成雙重肯定以加強語氣。

○この遺跡は考古学上の重大な発見なのである。／

這個遺跡是考古學上的一個重大發現。

○彼はあまり敬語が使えない人なのである。／他是個不太會用敬語的人。

3 「～である」構成的慣用型

① 「～であろうと、～であろうと」「と」是表示逆態確定條件的接續助詞，兩個「～であろうと、～であろうと」分別接在同一類型、相互對立的體言（如「冬」、「夏」、「男」、「女」、「朝」、「晚」等）下面，與「～であっても」的意思相同，並列兩個逆態確定條件以引出下面的述語。相當於中文的「不管…還是…」、「無論…還是…」。

○ 朝（あさ）であろうと、夜（よる）であろうと、公園（こうえん）の中（なか）を散歩（さんぽ）する人（ひと）はいつも多（おお）い。／
不管早上還是晚上，在公園裡散步的人總是很多。

○ 夏（なつ）であろうと、冬（ふゆ）であろうと、毎朝（まいあさ）千五百（せんごひゃく）メートル走（はし）る。／
無論是夏天還是冬天，每天早上都跑一千五百公尺。

○ 大卒（だいそつ）であろうと、中卒（ちゅうそつ）であろうと、会社（かいしゃ）に入（はい）るものには皆半年（みなはんとし）の実習期間（じっしゅうきかん）がある。／
不論是大學畢業，還是中學畢業，進入公司的人都有半年實習期限。

○ 煤煙（ばいえん）であろうと、廃水（はいすい）であろうと、工場（こうじょう）から排出（はいしゅつ）するものはいずれも公害（こうがい）を起（お）こすものであ
る。／不論是煤烟，還是廢水，從工廠排出的東西，都是會引起公害的。

② 「～であれ、～であれ」「～であれ」是「～である」的命令形，但它只能這樣構成慣用型來用，而不能表示其他的命令。分別接在兩個相類似的事物下面，用「～であれ、～であれ」並列兩種人、兩種事物。相當於中文的「不管…還是…」、「不論…還是…」。

○ 男であれ、女であれ、皆朗らかな顔をしている。／
不論男的女的，大家都很開朗。

○ 大根であれ、人参であれ、皆ビタミンに富んだ野菜である。／
不論是白蘿蔔還是胡蘿蔔都是富有維生素的蔬菜。

○ 中学生であれ、高校生であれ、スポーツを愛している。／
無論是中學生還是高中生都很熱愛運動。

○ 物価問題であれ、環境問題であれ、共に重大な問題になりつつある。／
無論是物價，還是環境，都正演變成嚴重的問題。

② であります

是在指定助動詞だ的連用形で下面，接存在動詞あります構成的，是である的敬體說法，

基本上與～である的意義、用法相同，只是語氣更加鄭重規矩。多用在演講或鄭重的談話中。

例如：

○彼の生涯は文人として実りの多い一生であります。／

他這一生可說是個作品產量想當多的文人。

○二年あまり前、肺が悪くなってそれから療養生活が始まったのであります。／

兩年多以前我的肺開始變得不好，從那之後就開始了療養生活。

○これは哲学の巨篇だけではありません。文学的見地から見ても大きな価値があるのであります。／

那本書不僅是哲學上的巨作，從文學的角度來看，也是很有價值的。

但它與～である不同的是：～であります不能連接兩個同位語，因此下面的句子是不太使用的。

○私は六年間も日本の商工業都市であります横浜に住んでいました。↓○～日本の商工業都市である横浜に住んでいました。／

我在日本的工商業城市橫濱住了六年。

第九章 傳聞助動詞そうだ、そうです

1 傳聞助動詞「そうだ」、「そうです」

傳聞助動詞有そうだ、そうです兩種，兩者意義、用法相同，只是語氣不同。そうだ構成常體的句子，是普通比較隨性的說法；而そうです構成敬體的句子，語氣鄭重而規矩。

① 「そうだ」、「そうです」的接續關係及其意義

兩者都接在動詞、形容詞、形容動詞以及助動詞れる、られる、せる、させる、ない、た、だ等的終止形下面，表示講話的根據或消息來源。相當於中文的**據說**、**聽說**等。

〇明日田中君が僕の家へ来るそうだ。／聽說田中先生明天會來我家。

〇李君が今日学校を休むそうだ。／聽說李同學今天請假不來學校。

〇あそこの景色はとても美しいそうだ。／聽說那裡的風景很美。

○銀座(ぎんざ)はもっとにぎやかだそうだ。 ／聽說銀座更熱鬧。

○李(り)さんはお金(かね)を盗(ぬす)まれたそうだ。 ／聽說李先生的錢被偷了。

○鎌倉(かまくら)はとてもいい所(ところ)だそうだ。 ／聽說鎌倉是個非常好的地方。

そうだ、そうです經常和句首的～によると、～によれば、～の話(はなし)では、～の話(はなし)によれ

ば等相呼應使用，表示**根據**…。例如：

○天気(てんき)予報(よほう)によれば、今年(ことし)の夏(なつ)は例年(れいねん)よりずっと暑(あつ)いそうだ。

根據天氣預報指出，今年的夏天似乎比往年要熱得多。

○お手紙(てがみ)によりますと、今年(ことし)も豊年(ほうねん)だそうですが、…／

您的來信中提到，今年似乎也是豐收的一年…

○祖父(そふ)の話(はなし)では昔(むかし)はこの辺(へん)は一面(いちめん)の林(はやし)だったそうだ。／

祖父的話說從前這裡是一片樹林。

爺爺說從前這裡是一片樹林。

② 「そうだ」、「そうです」的活用

そうだ是形容動詞だ型變化，そうです是特殊型變化。但它們只有終止形、連用形，而沒

有其他的活用形。

★ **終止形**　用そうだ、そうです。

○明日は雨が降るそうだ。／明天應該會下雨。

○野村さんは東京へ帰ったそうだ。／聽說野村先生已經回東京了。

○台風が近づいているそうだから、旅行は見合わせた方がいいです。／聽說颱風靠近了，旅行還是暫停一下的好。

○鈴木さんが入院したそうですが、どこの病院がご存知ですか。／聽說鈴木先生住院了，你知道是那家醫院嗎？

女性在使用そうだ、そうです時經常用そうよ、そうね表示相同的意思。

○今日の新聞にあの広告が載せてあったそうよ。／聽說今天的報紙，刊登了那個廣告了啊。

○野村さんの奥さんはもう退院したそうよ。／聽說野村先生的太太已經出院了喔。

★ **連用形**　用そうだ表示中止。

○李さんはひどく 頭が痛むそうで先に帰りました。／

聽說李先生頭痛得很厲害，要先回去了。

○今年は近年にない 豊作だそうで、お 百 姓さんたちは大変喜んでいます。／

據說今年是近幾年來少有的豐收年，農民們很高興。

○会議は八時に始まるそうで、その前に行かなければなりません。／

聽說會議八點開始，必須在那之前到。

有時在敬語句子裡用そうでして表示中止。

○田中先生もお元気になられたそうでして、みんな安心いたしました。／

聽說田中老師很健康，這樣大家就放心了。

② （附）～ということだ、～という話だ、～というのだ、～という

1 「～ということだ」、「～という話だ」、「～というのだ」——

三者都接在小句子下面，都與そうだ意義相同，表示講話的根據、依據或消息來源。相當於中文的**聽說**、**據說**等，一般的情況下可換用そうだ。

○李さんは二三日のうちに退院できるということです。（○そうです）

　聽說李先生兩三天就能出院。

○内山経済学博士の話によれば、近いうちには物価はあがることはないということだ。（○そうだ）／

　據內山經濟學博士的說法，最近物價不會上漲。

○長期予報によると、今年の夏は例年よりずっと暑いということだ。（○そうだ）／

據歷年的天氣預報指出，今年的夏天比往年要熱得多。

○夕べの放送によりますと、明日は霜が降りるという話だ（○そうだ）／

聽晚上的廣播說，明天會下霜。

但要強調確實聽說了這一事實，而在後面卻出現了相反的情況，這時一般用というのだ、

ということだ而不用そうだ。例如：

○彼が来るということだった、（×そうだ）から、外出を取り止めたのに来なかった。／

聽說他要來我就沒有出門，結果他卻沒有來。

○天気予報では午後から雨になるということだった（×そうだ）のに雲一つなく晴れ渡っている。／

根據天氣預報報導下午會開始下雨，可是卻晴空萬里，一片雲也沒有。

上述兩個句子由於所聽說的和現實情況完全相反，因此用ということだ，這時不能用そうだ。

② 「～という」

接在小句子下面，只能用～という而不能用～といった、～といっている，也表示傳聞，這點和そうだ、ということだ、という話だ、というのだ的意義相同。但そうだ以及其他的幾個慣用型可以在句首用～によれば、～によると、～の話では等消息來源，～という則不能用這些消息來源。它也相當於中文的**聽說、據說**。

○富士山は三千七百七十六メートルもある高い山だという。／
據說富士山是一座有三千七百七十六公尺高的高山。

○湯川秀樹はノーベル物理賞を勝ち取ったことのある人だという。／
聽說湯川秀樹是位曾獲得諾貝爾物理獎的人。

○日本の仏教は隋唐の時代に日本に伝えられたものだという。／
據說日本的佛教是隋唐時代傳到日本去的。

○日本では野党が三つか四つしかないという。／據說在日本只有三個或四個在野黨。

③ 傳聞助動詞そうだ與様態助動詞そうだ的區別

兩者構成的句子形態近似，很容易搞錯，但兩者接續關係不同，意義完全不同。様態助動詞そうだ接在用言、助動詞連用形下面，表示表現出來的樣子：而傳聞助動詞接在用言、助動詞的終止形下面，表示傳聞。（關於様態助動詞請參看本書第十一章）。例如：

○なかなかおいしそうだ。（様態）／好像很好吃的樣子！

○なかなかおいしいそうだ。（傳聞）／聽說很好吃啊！

○この辺にはデパートがなさそうだ。（様態）／這附近好像沒有百貨公司。

○この辺にはデパートがないそうだ。（傳聞）／聽說這附近沒有百貨公司。

○嵐
あらし
がやって来
き
そうだ。（様態）／暴風雨似乎要來了了。

○嵐
あらし
がやって来
く
るそうだ。（傳聞）／聽說暴風雨要來了。

總之樣態助動詞そうだ與傳聞助動詞そうだ雖然形態近似，但接續關係不同，意義不同。

第十章　比況助動詞ようだ、みたいだ

ようだ、ようです與みたいだ、みたいです意義用法基本相同，只是前兩者與後兩者的接續關係不同。

1 比況助動詞ようだ、ようです

ようだ構成常體的句子，是普通的說法，語氣隨意；ようです構成敬體的句子，語氣鄭重規矩。

1 ようだ、ようです的接續關係

兩者都接在動詞、形容詞、形容動詞的連體形下面，也接在部分助動詞れる、られる、せる、させる、ない、たい、た的連體形下面，也接在名詞十の的下面。例如：

書（か）く→書（か）くようだ（書（か）くようです）

② ようだ、ようです 的活用

它們接形容動詞だ、です活用型變化。

★ 終止形　　用ようだ、ようです

○丸山さんはまるで年寄りのようだ。（○ようです）／丸山先生簡直像個老人。

学生→学生のようだ（学生のようです）

行った→行ったようだ（行ったようです）

見たい→見たいようだ（見たいようです）

運動しない→運動しないようだ（運動しないようです）

受けさせる→受けさせるようだ（受けさせるようです）

使われる→使われるようだ（使われるようです）

静かだ→静かなようだ（静かなようです）

美しい→美しいようだ（美しいようです）

考える→考えるようだ（考えるようです）

○山の上は寒くて冬のようだ。　（○ようです）／山上冷得像冬天一樣。

女性用ようだ、ようです作述語，後接終助詞ね、よ時，往往將だ、です省略，ね、よ直

接接在よう的下面來用。

○楽しくてまるで夢のようよ。／快樂得簡直像作夢一樣。

○野村さんはまるで子供のようね。／野村先生簡直是個孩子啊！

★未然形　用ようだろ、ようでしょ後接う，分別構成ようだろう、ようでしょう表示推量。

○あの人の話は相手を叱り付けるようだろう。　（○ようでしょう）／

那個人講話好像在罵人一樣。

○このごろは涼しくてまるで秋のようだろう。　（○ようでしょう）／

最近涼爽得像秋天一樣吧！

★連用形　比較複雜，它有下面三種形態：

①用「ようだっ」、「ようでし」後接「た」分別構成「ようだった」、「ようでした」

表示過去。用來講過去的情況。例如：

○昨年の冬は暖かくて春のようだった（○ようでした）／

去年的冬天暖和得像春天一樣。

○その時の騒ぎはまるで蜂の巣をつついたようだった（○ようでした）／

那時的吵鬧簡直像搗壞了蜂巢似的鬧哄哄。

②分別用「ようで」表示中止，或後接「ある」、「ない」構成「である」、「で（は）ない」。

○外側は本物のようで、中身は偽者だ。／外表看起來像是真的，裡面卻是假的。

○ちょっと見ると、本物のようであるが、よく見るとあやしいところがある。／乍看像是真的，仔細一看，有些地方卻很可疑。

○どうやらこれは日本製のようではない。／這好像不是日本製的。

③用「ように」作連用修飾語。

○あの人は日本人のように上手に日本語が話せます。／他像日本人一樣能把日語講得很好。

★ **連體形**　ようだ用ような；ようです沒有連體形。

○ あの人は泣いたような顔をしている。／那個人哭喪著一張臉。

○ 働かないでお金が持らえるような仕事はない。／沒有不勞而獲的工作。

★ **假定形**　ようだ用ようなら表示假定；ようです沒有假定形。

○ 形が犬のようなら、それは狼だろう。／如果外形像狗的話，那是狼吧。

○ どうしてもだめのようなら、早くあきらめなさい。／如果怎麼做都失敗的話，那就放棄了吧！

③ **「ようだ」、「ようです」的意義**

它們的含義、用法較多，在這裡僅就主要用法作些說明。

1 表示比喩

這是最基本的用法，相當於中文的 **像**、**似**、**好像** 等。

○ 月日の経つのは、水が流れるようだ（○ようです）／歲月如梭。

○あの老人は元気で、まるで若者のようだ（○ようです）／那個老人健康得像年輕人。

○彼は暗誦するように答えた。／他像在背書一樣得回答了。

○四月なのに真夏のような暑さだ。／才四月，就已經跟盛夏的熱度一樣了。

作為比喻的用法，有許多固定的慣用語。

○雪のように白い。／像雪一樣得白。

○死んだように眠い。／睡死了一樣。

○蚊の鳴くような声。／聲音小的跟蚊子一樣。

○芋を洗うような混雑。／擁擠不堪。

2 表示不是十分肯定的推斷

這種推斷既可以是有根據的，也可以是的主觀推斷。相當於中文的**好像**、**似乎**等。

○あの話は以前にどこかで聞いたことがあるようだ。／那件事情，我好像以前在哪聽過。

○あの人はどうもよく知らないようだ。／他好像也不太知道。

○電車が遅れているところを見ると、何か事故があったようだ。／

電車誤點也許發生了什麼事故。

○彼の論文はもう書き上げたように思われます。／他的論文應該已經寫完了。

講過去事情時，則用～ようだった、～ようでした。例如：

○彼らは私の事について何も知らないようだった。（○ようでした）／

之前他們好像對我的情況一點也不了解。

3 表示例示

舉出某一具體的事例來說明某種問題、某種情況，這時多用ような作連體修飾語來用，個別時用ように作連用修飾語。相當於中文的像…：

○僕はサッカーやラクビーのような激しい運動が好きだ。／

我喜歡像足球、橄欖球那種激烈的運動。

○東京のような大都会ではみんな公害に悩まされている。／

像東京那樣的大城市都為公害所苦。

○あなたのような意地の悪い人は大嫌いだ。／我討厭像你這樣壞心腸的人。

○北海道のような寒い地方では春と夏が一緒にやってくる。／在像北海道那樣寒冷的地方，春天是隨著夏天一起到來的。

○このごろは毎日のように夕立が降る。／最近，每天都下午後雷陣雨。

以上是ようだ、ようです的主要用法。

②　ようだ、ようです構成的慣用型

1「～ようになる」

接在動詞、部分動詞（如：れる、られる、せる、させる等）連體形下面，句末多以～ようになるだろう形式出現，表示某種趨向，即逐漸形成了某種情況或逐漸發展到了某種地步。相當於中文的…起來。例如：

○最近多くの人が海外へ行けるようになった。／最近很多人都有能力到國外去了。

○日本語で短かい文章も書けるようになった。／能夠用日語寫短篇文章了。

○このごろ弟も勉強するようになった。／最近弟弟也用起功來了。

○二三回食べると、刺身が食べられるようになるだろう。／吃了兩三次，就敢吃生魚片了吧！

2 「～ようにする」

接在動詞、部分助動詞（せる、させる、れる、られる、ない等）連體形下面，句末多以～ようにした、～ようにしている、～ようにするだろう等形式結尾，表示決定盡量做某種事情。相當於中文的**盡可能（做）…**、**盡量（做）…**等。

○ 私は毎日一時間運動するようにした。／我盡量每天運動一個小時。

○ 私たちはお互いに日本語で話をするようにしている。／我們盡可能互相用日語對話。

○ 父はこれから煙草を吸わないようにするだろう。／父親決定今後不抽菸了吧！

3 「～ように動詞」

實際上它和前一用法視為同一個用法，也可以說是前一用法的引申用法，只是述語沒有用する而使用了其他動詞，這時的ように表示下面動作、活動的內容或活動的目標。要根據前後關係適當地譯成中文。一般先譯後半句，後譯前半句。例如：

○風邪を引かないように気を付けなさい。／注意不要感冒了！

○みんなが聞こえるように大きな声で言ってください。／

說大聲一點，讓大家都聽得見。

○風邪が通るように窓を大きく開けなさい。／把窗戶開大一點好通風。

○健康のためにできるだけ運動をするように、心がけましょう。／

要記住，為了健康盡量多做運動。

如果是命令句，述語的動作與前面目標是同一個主語時，後半部的述語部分可以省略，省

略後仍含有命令的語氣。例如：

○手紙をもらったらすぐ返事を書くように（しなさい）。／

收到信後，要立刻回信！

○風邪を引かないように（気を付けなさい）。／小心不要感冒了！

○お忘れ物のないように（お願いいたします）／請不要忘了帶走東西！

最後一句主述語關係稍有不同。

4 「～ようになっている」

接在動詞、部分助動詞（如れる、られる、せる、させる）連體形下面，多以～ようになっている形式，表示主語處於某種狀態，如某一機器具有某種結構、性能；某一組織具有某種制度。可根據前後關係適當地譯成中文。

○この機械はどこかに故障が起きると、ベルが鳴るようになっている。／
這個機器若哪裡有問題，就會響起鈴聲。

○このドアはボタンを押すと、自動的に開閉するようになっている。／
這個門只要一按電鈕，就會自動開關。

○荷物をここに置くと、目方が測れるようになっている。／
把行李放在這裡就可以量出重量了。

○薬局には夜間営業部があって、そこへ行けば夜間でも薬を買うことができるようになっている。／
藥房有夜間販賣部，到那裡即使是晚上也買得到藥。

③ ～みたいだ、～みたいです

～みたいだ、～みたいです是ようだ、ようです的俗語說法，兩者意義相同。みたいだ構成常體句子，語氣隨性一些，みたいです構成敬體句子，語氣鄭重、規矩一些。

① みたいだ、みたいです的接續關係

它們與ようだ、ようです不同，直接接在體言下面，個別時候直接接在形容動詞語幹下面；另外也接在動詞、形容詞、部分助動詞（れる、られる、せる、させる、たい、ない、た等）的終止形下面。例如：

学生（がくせい）→学生（がくせい）みたいだ（学生（がくせい）みたいです）

きれいだ→きれいみたいだ→（きれいみたいです）

② みたいだ、みたいです的活用

它們的活用形有終止形、未然形、連用形、連體形、假定形。例如：

★ **終止形** 用みたいだ、みたいです

○彼の格好から見ると、まるで労働者みたいだ。／從他的打扮來看，簡直像一個工人。

○秋山は怠け者みたいだが、成績は悪くはない。／秋山好像是個懶鬼，但成績不差。

女性用みたいだ、みたいです做述語用時，一般將だ、です省略去，直接在みたい下面接終助詞ね、よ等。例如：

○まるで夢みたいね。／簡直像作夢一樣啊！

○お兄さんは教授みたいね。／你哥哥好像個教授呢！

○あの人はまるで子供みたいね。／他簡直像個孩子嘛！

★**未然形**　分別用みたいだろ、みたいでしょ，後接う，構成みたいだろう、みたいでしょう，表示推量。

○このごろは温かくて、まるで春みたいだろう。（○みたいでしょう）／

最近暖和得簡直像春天一樣呢！

○あの帽子をかぶった人は李君の弟みたいだろう。（○みたいでしょう）／

那個戴帽子的人是李同學的弟弟吧！

★**連用形**　比較複雜。

①用「みたいで」表示中止。

○庭は野原みたいで、草が一面に生えている。／院子簡直像草原一樣，長滿了草。

②用「みたいに」做連用修飾語。

○それは機械みたいに正確な動作だ。／那動作簡直像機器一樣得準確。

○そう子供みたいにわあわあ騒ぐな。／不要那樣像小孩子似地哇哇地吵！

③用「みたいだっ」、「みたいでし」後接「た」，構成「みたいだった」、「みたいでした」，表示過去。

○そろそろまた仕事を始めるみたいでした。（○みたいだった）／好像又差不多要開始了工作。

○彼は本当に何も知らないみたいだった。（みたいでした）／他好像什麼都不知道似的。

★連體形　用みたいな修飾體言。

○まるで真冬みたいな寒さだね。／冷得真像嚴冬啊！

○神戸、横浜みたいな町が好きだ。／我喜歡像神戸、横濱這樣的城市。

★假定形　一般用みたいなら

○形が犬みたいなら、それは狼だろう。／形狀如果像狗的話，那就是狼吧。

沒有命令形。

③ みたいだ、みたいです的意義

它和ようだ、ようです一樣有下面三種含義：

1 表示比喩　是最基本的用法。相當於中文的「像」、「好像」等。

○彼はまるで子供みたいです。／他簡直像個小孩子。

○あの人は体が大きくてお相撲さんみたいです。／他身材高大像一個相撲選手。

○彼の描いた絵は子供が描いたみたいです。／他的畫簡直像小孩子畫的一樣。

○一面に霜が降りて、まるで雪が降ったみたいです。／地上結滿了霜，簡直像下了雪一樣。

○合格の知らせを受けて、子供みたいにはしゃぎまわります。／收到錄取的通知，高興得又吵又嚷，簡直像個孩子。

2 表示不太肯定的推斷　相當於中文的「好像」、「似乎」等。例如：

○また雨が降り出したみたいだよ。／好像又下起雨來了。

○彼は本当に知らないみたいだ。／他好像真的不知道似的。

○どうやらあの眼鏡をかけた人は田中君の妹みたいだね。／總覺得那個戴眼鏡的人好像是田中的妹妹。

○あのお客さんは魚が嫌いみたいだから、何か他のものにした方がいい。／

3 表示例示　這時也多用「みたいな」，個別時候用「みたいに」。

○小説みたいな面白い話がある。／還有一件像小説般有趣的事情。

○君みたいな元気な青年なら頼もしいがね。／
像你這樣元氣十足的青年真是大有可為的啊！

○何か針みたいな物がないでしょうか。／有沒有像是針那樣的東西嗎？

○コーヒーみたいに刺激性の強い飲み物はできるだけ飲むのを控えた方がいいでしょう。／
還是盡量不要喝咖啡之類刺激性強的飲料比較好。

○今年みたいに暑い夏は初めてだ。／像今年這麼炎熱的夏天還是頭一遭。

那位客人好像不愛吃魚，給他點其它的東西吧！

4 ようだ與〜みたいだ的區別

従以上說明可以知道：兩者都可以用來表示比喻、推斷以及例示，但ようだ的使用範圍比みたいだ更廣。

1 在推斷其他人的意志、感情時，為了避免講話的語氣武斷，可以用「〜ようだ」，而不能用「みたいだ」。

○気(き)が進(すす)まないようなら（×みたいなら）お断(ことわ)りになってもいいんです。／

如果你不想做的話，推掉也可以的。

○分(わ)からないようだったら（×みたいだったら）ご遠慮(えんりょ)なくお聞(き)きください。／

如果你不懂的話，可以問別客氣！

2 作為推斷來用時，「ようだ」構成的慣用型，如「ようになる」、「ように
する」、「ように動詞」、「ようなものなら」等都只能用「よう（だ）」而
不能用「みたい（だ）」。例如：

○このごろ 弟 も勉強するようになった。（×みたいになった）／
弟弟最近也用功起來了。

○一日も早く全快なさいますように （×みたいに）お祈りしております。／
我祝您早日康復。

○遅れないように （×みたいに）早く行きましょう。／避免遲到還是早點去吧！

○風が通るように （×みたいに）窓を大きくあけなさい。／把窗戶開大一點，通通風吧！

○行きたくないようなら （×みたいなら）行かなくてもいい。／
你不想去的話，也可以不去。

3 表示舉例時，「ようだ」可以接在「この」、「その」、「あの」、「ど
の」等下面，構成「このよう〜」、「そのよう〜」、「あのよう〜」、「ど

「よう〜」等用，而「みたいだ」則不能用「このみたい〜」等，例如：

○そのような（×そのみたいな）家に住んでいる人は殆ど失業者であります。／

住在那種房子裡的幾乎都是失業的人。

○私の名前はこのように（×ものみたいに）書きます。／我的名字是這樣寫的。

○あなたはどのような（×どのみたいな）家に住んでいますか。／

你住什麼樣的房子呢？

一些慣用的舉例用法，也用ように。

○その原因は次のように（×みたいに）考えられます。／原因推測如下。

○ご承知のように（×みたいに）奈良は日本の古い都であります。／

如你所知，奈良是日本的古都。

4 （附）如し

如し是文語比況助動詞，現在也做為書面用語使用，與口語ようだ的意思、用法相同。

① 如し的接續關係

它的接續關係如下：

① 接在名詞＋の的下面

② 接在動詞連體形下面

③ 接在助動詞れる、られる、せる、させる連體形下面

④ 接在文語助動詞ず的連體形ざる下面

⑤ 接在文語助動詞たり的連體形たる下面

⑤接在文語助動詞たり的連體形たる下面

⑥接在文語助動詞なり的連體形なる等下面。例如：

雪�→雪の如し

走る�→走る如し

見えず↓見えざる如し

落ちたり↓落ちたる如し

②如し的活用及其意義

它只有終止形、連用形、連體形用在口語裡。多用來表示比喻或例示。相當於中文的**像**、似、如等。

★終止形　用在口語裡用如きである，個別時候也用文語原來的終止形ごとし。例如：

○地面に落ちたる花びらは真に雪の如きである。／落在地面上的花瓣，簡直像雪一樣。

○光陰は矢の如し。／光陰似箭。

★ **連用形**　用如く表示中止或作連用修飾語。

○大粒の雨が滝の如く降り注ぐ。／大的雨滴像瀑布似地落下。

○首相は外交問題について次の如く見解を述べた。／首相就外交問題做了以下闡述。

★ **連體形**　用如き修飾下面體言。

○山の如き大波が背後から襲いかかった。／像山一樣的浪濤從背後襲來。

○東京の如き大都会はいずれも公害に悩まされている。／

像東京這樣的大城市始終都為公害所苦。

有時也直接用如き來作句子的主語、補語、受詞等，這時是將所修飾的體言省略了的說法，它含有貶義。例如：

○君如きに負けてたまるか。／我怎麼受得了輸給你這樣的人咧！

○便乗値上げの如き（こと）は断じて許せない。／絕不允許藉機漲價的行為！

第十一章 様態助動詞そうだ、そうです

1 様態助動詞そうだ、そうです

様態助動詞有そうだ、そうです兩種，意義用法相同，只是語氣不同。そうだ是形容動詞活用型的助動詞，構成常體的句子，是普通的說法，語氣比較隨性；而そうです屬於形容動詞です活用型的助動詞，構成敬體的句子，語氣鄭重規矩。

1 そうだ、そうです的接續關係

它們的接續關係比較複雜，有以下幾種不同的接續情況：

1 接在動詞以及動詞型助動詞連用形下面：

降（ふ）る→降（ふ）りそうだ（降（ふ）りそうです）

落ちる→落ちそうだ（落ちそうです）

溢れる→溢れそうだ（溢れそうです）

来る→来そうだ（来そうです）

承知する→承知しそうだ（承知しそうです）

見られる→見られそうだ（見られそうです）

待たせる→待たせそうだ（待たせそうです）

看一看它們的使用情況：

○雨が降りそうだったから早く帰って来ました。
／好像快要下雨了，所以早點回來。

眼看要下雨了，所以早點回來。

○友達が承知しそうなら、話してみるがいい。／
如果朋友答應的話，可以跟他談看看。

○皆に見られそうでいやです。／好像快被人家看見好討厭。

○長く待たせそうだったから、帰って来た。／似乎要等很久的樣子，所以我就回來了。

2 接在形容詞、形容動詞語幹下面。

強い→強そうだ　（強そうです）

悲しい→悲しそうだ　（悲しそうです）

残念だ→残念そうだ　（残念そうです）

窮屈だ→窮屈そうだ　（窮屈そうです）

よい→よさそうだ　（よさそうです）

但形容詞よい的語幹一個音節，讀起來不便因此用：

希望助動詞たい也和形容詞活用一樣，也在たい的語幹た下面接そうだ，用～たそうだ。

例如：

帰りたい→帰りたそうだ　（帰りたそうです）

看一看它們的用法：

○この映画は面白そうだ。　／這個電影好像很有意思。

○今日は寒そうです。　／今天好像很冷啊！

○この本は内容がよさそうなので、買って来ました。　／

這本書內容好像很好的樣子所以就買下來了。

○あそこも静かそうですね。／那裡好像很安靜。

○丈夫そうな靴ですね。／感覺是很堅固的鞋子。

○太郎も早く帰りたそうだ。／太郎似乎想早一點回去的樣子。

○三郎も一緒に来たそうな様子だったから、連れて来た。／

三郎也似乎很想加入的樣子，所以我把他帶來了。

3　接在否定助動詞「ない」的「な」下面，用「〜なそうだ」。例如：

折れない→折れなそうだ（折れなそうです）

勝てない→勝てなそうだ（勝てなそうです）

知らない→知らなそうだ（知らなそうです）

○明日の試合には味方も勝てなそうで心配している。／

明天的比賽，我方好像無法取得勝利的樣子，令我很擔心。

※此用法在日語文法上是正確的，但已較少人使用。

4 形容詞「ない」下面接「そうだ」（そうです）時，要用「～なさそうだ」（～なさそうです），表示「不像…」。

ない→なさそうだ　（なさそうです）

高くない→高くなさそうだ　（高くなさそうです）

寒くない→寒くなさそうだ　（寒くなさそうです）

丈夫ではない→丈夫ではなさそうだ　（丈夫ではなさそうです）

綺麗ではない→綺麗ではなさそうだ　（綺麗ではなさそうです）

例如：

○いい物がなさそうだから何も買わないで帰って来た。／

似乎沒有什麼好東西，我什麼也沒有買就回來了。

○皆は面白くなさそうな表情になった。／大家的表情都變得有些僵硬了起來。

○丈夫ではなさそうな靴だから、一週間履くと、もう履けなくなるだろう。／

不像是雙堅固的鞋子，也許穿一個星期，就不能穿了。

だらなそうだ。

另外兩種接續方式皆可的有情けなさそうだ、くだらなさそうだ，也用情けなさそうだ、く

②**そうだ、そうです的活用及其用法**

1 **そうだ、そうです的活用**

它有終止形、未然形、連用形、連體形、假定形，但沒有命令形。

★**終止形** 用そうだ、そうです。

○今にも雨が降りそうだ。 （○そうです）／眼看要下雨了。

○なかなか面白そうだ。 （○そうです）／好像很有意思的樣子。

○寒そうだから（○ですから）セーターを来なさいよ。／很冷的樣子，穿上毛衣吧！

女性在そうだ、そうです下面接終助詞ね、よ時，往往將だ、です省略，直接用ね、よ。

○雨が降りそうよ。／要下雨囉！

○なかなか面白そうね。／好像很有意思呢！

★**未然形** 用そうだろ、そうでしょ，都後接う構成そうだろう、そうでしょう，表示推量。

○雨が降りそうだろう。（○降りそうでしょう）／快下雨了吧！

○あの家が倒れそうだろう。（○倒そうでしょう）／那棟房子眼看就要倒了吧！

★**連用形**　比較複雑。

①**分別用「そうだっ」、「そうでし」後接「た」，構成「そうだった」、「そうでした」，表示過去。**

○夕べ雨が降りそうだった。（○降りそうでした）ね。／昨晚眼看就要下雨了。

○値段が高そうだった（○高そうでした）ので、買いませんでした。／

價錢似乎貴了一些，就沒有買了。

②**用「そうで」，表示中止。**

○嵐がやって来そうなので、麦の取入れを急いでいる。／

眼看暴風雨要來了，大家都在加緊腳步收割小麥。

③**「そうだ」用「そうに」作連用修飾語用，「そうです」沒有這一用法。**

○彼はいかにも得意そうに言いました。／他很得意地說了。

○お母さんは死ぬ前に死ぬ前に苦しそうにそれを私に言いました。／
母親在臨死前，似乎很痛苦地告訴了我那件事。

★**連體形**　用そうな修飾下面的體言。

○雨の降りそうな空模様です。／看天空像是要下雨的樣子。

○試合が終わって皆は嬉しそうな顔をして帰って来ました。／
比賽完了之後，大家興高采烈地回來了。

★**假定形**　用そうなら表示順態假定。

○雨が降りそうなら、傘を持って行けばいいじゃないか。／如果覺得難的話，就反覆得唸吧！

○難しそうなら、繰り返して読みなさい。／

如果會下雨的話，帶把傘去就可以了吧。

2 「そうだ」、「そうです」的否定形式

它們比較複雑，值得注意。

①「そうだ」、「そうです」接在動詞或動詞型助動詞下面時，用～そうもない、～そう

に（も）ない，兩者都表示「不像是…」、「似乎…不…」。例如：

○この分じゃ、当分雨が降りそうもない。／這個樣子，短期內不像會下雨。

○今から行っても間に合いそうに（も）ない。／即使現在去，似乎也來不及了。

○こんな難しい問題は彼にも解けそうに（も）ない。／這樣的難題，他似乎也解不開。

②「そうだ」、「そうです」接在形容詞、形容動詞下面時，用「～そうではない」和「～なさそうだ」兩種形式。

○このお菓子はあまりおいしそうではない。／這種點心好像不是很好吃。

○このお菓子はあまりおいしくなさそうだ。／這種點心好像不是很好吃。

○彼女はプレゼントをもらってもあまり嬉しそうではなかった。／

○彼女はプレゼントをもらってもあまり嬉しくなさそうだった。／

○她收到禮物，好像也不太高興。

○彼女はプレゼントをもらってもあまり嬉しくなさそうだった。

○她收到禮物，好像也不太高興。／

她收到禮物，好像也不太高興。

上述句子用おいしそうではない、うれしそうではない是おいしそうだ、うれしそうだ的

否定形式；而おいしくなさそうだ、うれしくなさそうだ則是おいしくない、うれしくない後

接そうだ構成的。

但動詞表示樣態的否定形式除了前面講到的～そうもない、～そうに（も）ない以外，個別時候也用動詞十そうではない。例如：

○会議はすぐには始まりそうではない。／會議應該不會馬上開始。

但這時只是作為：

○会議はもう始まりそうですか。／會議就要開始了嗎？

的答句時使用，一般是不會這麼用的。

③ そうだ、そうです的意義 ————

1 表示從外觀上看到的樣子，即樣態。這時多接在形容詞、形容動詞以及可能動詞、狀態動詞下面，表示從外觀上看到的性質、狀態給人的感覺。相當於中文的「好像…似的」、「似乎…」。例如：

○あのりんごがおいしそうです。／那個蘋果似乎很好吃啊！

○お忙しそうですね。／你好像很忙啊！

○彼はいかにも健康そうに見えます。／他看起來很健康。

○まだ使えそうだから、捨てないでください。／似乎還能用的樣子，請不要扔掉！

○ここに問題がありそうです。／這裡似乎有問題。

2 對表示即將出現的情況做推斷

這時多接在動作動詞的下面，表示某種情況即將出現或發生。相當於中文的**眼看就要…**、

就要…。

○あの家が倒れそうです。／那棟房子就要倒了。

○今にも一雨来そうな空模様ですね。／天空的樣子，眼看就要下雨了。

○危うく谷底に落ちそうになりました。／差一點就掉到深谷裡了。／

○荒波を受けてボートが転覆しそうになりました。／

受到波濤的沖擊，小船眼看就要翻了。

這一用法有時用來表示某種事物有實現的可能、有實現的希望。相當於中文的**似乎能…**、

會…。例如：

○その仕事は今日中に終りそうですか。／那件工作今天會完成嗎？

○出席してくれそうな人を数えてみましょう。／數一數可能會出席的人吧！

3 表示主觀的推斷 表示根據目前的情況或自己的經驗，主要地進行分析、推測。相當於中文的「似乎是…」。例如：

○あの人ならやりそうな事ですね。／他的話，似乎是能勝任。

○今から行っても間に合いそうにもない。／即使現在去似乎也來不及了。

○暑い時ですから、生ものは避けたほうがよさそうです。／天氣熱，最好避免吃生冷的食物。

2 樣態助動詞的そうだ與比況助動詞ようだ的區別

兩者都表示從主觀上進行的推斷，在這一點上兩者是相同的。但そうだ則表示根據視覺看到的並未經過較多考慮所進行的推斷；而ようだ則表示根據自己的經驗或經過思考進行的慎重推斷，或根據傳聞所作的推斷。因此有時構成類似的句子，但含義有上述不同。例如：

○この魚が死にそうだ。／這條魚眼起來快死了。

○この魚が死ぬようだ。／這條魚快死了。

用死にそうだ時，表示看起來魚快要死了，有一種緊迫感，而有死ぬようだ時，則是根據自己的經驗或聽旁人說**這魚要死了**，它沒有緊迫感。

○ここに問題がありそうだ。／這裡看起來有問題。

○ここに問題があるようだ。／這裡好像有問題。

用ありそうだ時說話者並不敢肯定這裡有問題，而是主觀推斷覺得有這種可能；而用ある

ようだ時則表示已經知道有問題，只是用ようだ來緩和講話的語氣，以避免過於武斷。

○こっちの方がうまそうだ。／這個好像很好吃。

○こっちの方がうまいようだ。／這個比較好吃。

うまそうだ是講話人並未親自品嚐，只是看這個點心似乎很好吃；而用うまいようだ時則

表示在自己嚐過的基礎上作出的判斷，而不僅僅是看起來。

但接在時間助動詞下面時，只能用ようだ，而不能用そうだ，因為そうだ多是用來推斷眼

前尚未發生的事情。例如：

○（地面が濡れているから）昨晚雨が降ったようだ。／

（地面都濕了）昨晚似乎下了雨。

×昨晚雨が降ったそうだ。

相反地作連體形修飾語時，則多用～そうな，而不用ような。例如：

○死にそうな金魚が二匹いる。／有兩條快死掉的金魚。

×死ぬような金魚が二匹いる。

○二人は暑そうな二階にあがった。／両個人走上了似乎很熱的二樓。

×二人は暑いような二階にあがった。

第十二章　推量助動詞らしい

推量助動詞有らしい、べきだ、べきです。另外助動詞う、よう有的學者認為它們也是推量助動詞，但由於它們多用來表示意志，而作為推量來用時較少，因此本書將它們歸類在第十三章意志助動詞中進行說明。

① 推量助動詞らしい

①らしい的接續關係

らしい接在體言、形容動詞語幹下面，也接在動詞、形容詞、部分助動詞（れる、られる、せる、させる、たい、ない、た）的終止形下面，用來表示推量。例如：

先生だ→先生らしい

来る→来るらしい

丈夫だ→丈夫らしい

静かだ→静からしい

ある→あるらしい

できる→できるらしい

也可以接在部分助詞下面。例如：

四月からだ→四月からららしい

勉強する→勉強するらしい

行きたい→行きたいらしい

分らない→分らないらしい

帰ってきた→帰ってきたらしい

彼だけだ→彼だけらしい

②「らしい」的活用

它接在形容詞型活用變化。但只有連用形、終止形、連體形。

★**終止形** らしい，用來結尾或後接と、し、が、から以及傳聞助動詞そうだ。

○あの川の辺に見えるのは小学校らしい。／在河邊的好像是所小學。

○彼には相当自信があるらしい。／他好像有相當大的把握。

○聞こえないらしいから、きっと大きな声でお呼びなさい。／

他好像沒有聽見，再大聲點叫他吧！

★**連體形**　用らしい，後接體言或のので，のに等。

○バスの中で李先生らしい人を見た。／在公車上看見一位像李老師的人。

○雨が降るらしいので，すぐ帰って来た。／好像快要下雨了，所以立刻就回來了。

★**連用形**　比較複雜，有下面兩種形態：

①用「**らしく**」　表示中止、連用，如後接「て」等。

○雨が降ったすぐ後らしく，道は濡れて歩くのに骨が折れた。／好像剛下過雨，道路很濕，走起路來很費勁。

○何かあるらしくて人が大勢集まっていた。／好像發生了什麼事情，聚集了許多人。

②用「**らしかっ**」　後接「た」、「たり」等。

○さっき来たのは二組の担任の先生らしかった。／剛才來的那個人好像是二班的級任導師。

但它的連用形不能後接ない，即不能用らしくない，要表示否定時用ないらしい。例如：

×あの人は学生らしくない。→○あの人は学生ではないらしい。／他好像不是學生。

它沒有未然形、假定形、命令形。

③ らしい的意義、用法

らしい 表示根據客觀情況，有根據、有確信的推斷或委婉的判斷。相當於中文的**好像**、似乎等。

○傘を指していないところを見ると、雨はもう止んだらしい。／

看人們都沒有撐傘的情況，雨似乎已經停了。

○仲良く話しているところを見ると二人の喧嘩もこれでおしまいらしい。／

從兩人親密談話的情況看來似乎已經合好了。

○どこかへ出掛けたらしく、ドアに鍵がかかっている。／

好像不知道去哪了，門上了鎖。

○あの方はなかなか勉強家らしく、随分本を持っている。／

他好像是個很用功的人，擁有好多的書。

上面的前面兩個句子都在前半部提到了客觀的根據，因此後半句用了推量句時可以用らし

い；後面兩個句子在らしい的後面都提出了充分的根據，因此前半句用了らしい表示推量。

即使在句子裡沒有這樣的根據，但也可以用らしい來造推量句，這時仍含有確定根據的含

義。例如：

○あの問題はまだ解決していないらしい。／那個問題好像還沒有解決。

○不思議に思われるかもしれないが、それはどうも事実らしい。／

你也許會認為不可思議，但那件事的確是事實。

○あそこは静かからしいが、少し遠すぎる。／那裡似乎很安靜，但遠了點。

○仕事をしているらしかったので、入らなかった。／

他好像在工作，所以我沒有進去。

2 助動詞らしい與接尾語らしい

在日語裡助動詞有らしい，接尾語也有らしい，兩者形態完全相同，但意義不同，有必要加以區別。

1 接尾語「らしい」的接續關係及其意義、用法

接尾語らしい接在名詞、形容動詞語幹下面，個別的接在副詞下面，含有**帶有…性質、具有…氣質、像…一樣**的意思。例如：

男（おとこ）→男（おとこ）らしい／有男子氣概

女（おんな）→女（おんな）らしい／有女人味

軍人（ぐんじん）→軍人（ぐんじん）らしい／有軍人樣

君（きみ）→君（きみ）らしい／有你的作風！

馬鹿（ばか）だ→馬鹿（ばか）らしい／太蠢了！

いやだ→いやらしい／下流、低級

在活用形方面，它只有終止形、連用形、連體形，而沒有其他形態。

★ 終止形　用らしい結束句子等。

○あの人は学生らしい。　／他很學生樣。

○王君はスポーツマンらしい。　／王先生像個運動員一樣。

○今日は本当に春らしい。　／今天像春天一樣。

★ 連體形　也用らしい修飾體言。

○そんな子供らしい事を言うと、笑われるぞ。　／說那種孩子氣的話，會被人家笑的喔！

○町には公園らしい公園もない。　／街道上沒有一個像樣的公園。

★ 連用形　用らしく後接用言，其中多後接ない構成否定形式。

○すっかり初夏らしくなった。　／完全變成初夏的感覺了。

○そんな事でへこたれては君らしくないね。　／因為這種事就退縮真不像你的作風啊！

② 助動詞「らしい」與接尾語「らしい」的區別

兩者形態相同，意義近似，但是兩者是有區別的，有時兩者接在同一個名詞下面，這時形態相同，但所表示的意義是不同的。但它們究竟有什麼不同呢？概括起來，有以下幾點：

1 助動詞「らしい」前面可以有連體修飾語，而接尾語「らしい」前面不能有連體修飾語。例如：

○あの人は立派な政治家らしいです。（助動詞）／那個人像是一個偉大的政治家。

○本当に政治家らしい立派な態度です。（接尾語）／具有政治家風度的磊落態度。

○あの塔は平安時代の遺跡らしいです。（助動詞）／那個塔好像是平安時代修建起來的古蹟。

○この都市は新しい都市で遺跡らしい遺跡は一つもない。（接尾語）／這裡是個新城市，沒有一個稱得上古蹟的古蹟。

2 助動詞「らしい」的否定型不能接「ない」，表示否定時要用「～ないらしい」；而接尾語「らしい」表示否定時要用「らしくない」。例如：

○あの人はスポーツマンではないらしい。（助動詞）／他好像不是運動員。

○あの人はスポーツマンらしくない。（接尾語）／他沒有一個身為運動員的樣子。

3 助動詞「らしい」接在名詞下面時，名詞與「らしく」之間可以插入「である」，也可以換用「だろう」、「であるようだ」；而接尾語「らしい」則不能這樣用，既不能插入「である」，也不能換用「だろう」、「であるようだ」。例如：

○あそこに立っている人は女（である）らしい。（○女だろう。○女であるようだ）（助動詞）／站在那的好像是個女人。

○彼女は淑やかで、大変女（×である）らしい。（×女だろう。×女であるようだ）（接尾語）／她很淑女，非常有女人味。

4 在助動詞「らしい」構成的句子中，如果用副詞時，一般用表示「好像」、「推測」的「どうも」、「どうやら」等副詞，而在接尾語「らしい」構成的句子裡如果用副詞時，則用表示「真是」、「很」之類的「いかにも」、「本当に」、「見るからに」、「とても」等。例如：

○今来た人はどうやら内山会社の社長らしい。　（助動詞）／

剛才來的那個人好像是內山公司的社長。

○いかにも社長らしい人だ。　（接尾語）／他很有社長的派頭。

5 助動詞「らしい」可以用「らしかった」；而接尾語「らしい」則不能用「らしかった」。例如：

○昨日内山さんが持って来たのは阿波の名産らしかった。　（助動詞）／

昨天内山先生拿來的好像是阿波的特産。

×いかにも阿波の名産らしかった。　（名産らしい）（接尾語）。

③ 比況助動詞ようだ與推量助動詞らしい

両者都表示推斷，但使用的場合不同：

1 推量助動詞「らしい」表示有根據的、有把握的推斷；而比況助動詞「よう
だ」也可以用來表示這種有根據的推斷（參閱本書第十章）。因此在句子裡，
提出了某種根據，而這種根據比較可靠，如自己曾看到的、曾體驗到的。這時
候可以用「らしい」，也可以用「ようだ」。例如：

○道を歩いている人が傘を差しているところを見ると、まだ雨が降り出したらしい。（○
ようだ）／看走路來往的人撐著傘，好像又下起雨了。

○何か事故があったらしいですね。（○ようですね）バスがなかなか来ないですね。／

好像發生了什麼事故，公車老是不來。

但表示根據自己聽到的，即根據傳聞作出的某種客觀推斷，這時一般用らしい而不能用よ うだ。例如：

○天気予報（てんきよほう）によりますと、明日（あした）は晴（は）れるらしいでございます。／

據天氣預報報導：明天是晴天。

○朝日新聞（あさひしんぶん）によると、天竜川流域（てんりゅうがわりゅういき）ではまた大水（おおみず）が出（で）たらしいです（×出（で）たようです）。／

據朝日新聞報導：天龍川流域又淹大水了。

2 表示根據主觀臆斷，即從主觀感覺出發，不一定有可靠的根據作出的推斷

時，只能用「ようだ」，而不能用「らしい」。例如：

○あの話（はなし）は以前（いぜん）にどこかで聞（き）いたことがあるようだ（×らしい）。／

那件事情我好像以前曾在哪聽說過的。

○かなり古（ふる）い物（もの）のようだ（×らしい）から、値（ね）が張（は）るかもしれない。／

好像是很古老的東西，也許很值錢吧！

らしい。

如果句子裡用了なんとなく、なんだか之類的副詞來修飾述語時，只能用ようだ，而不用

○あの人の顔を見るとなんだが怖いようだ（×らしい）。／

看了他的臉，總感覺可怕。

○なんとなく足が少し痛いようだ（×らしい）。／不知為什麼，腳有些痛。

3 用來緩和講話的語氣時，一般只能用「ようだ」，而不能用「らしい」。

○今度の事故はまったく運転手の油断から来ているものだと言っていいようだ（×らしい）／這次事故可說是完全肇因於司機的疏忽大意。

○あのお客さんは酒は嫌いなよう（×らしい）なら、ビールにした方がいいんです。／那位客人如果不想喝日本酒的話，可以請他喝啤酒。

不使用上述句子裡的ようだ、ようなら句子也可以講得通，這樣講是為了緩和語氣，避免武斷。らしい則不能這麼用。

4 （附）べきだ、べきです

① 「べきだ」、「べきです」的接續關係

べきだ、べきです兩者意義、用法相同，只是べきだ是常體，べきです是敬體，它們都是古語推量助動詞べし留到現代日語口語中的助動詞，它們原來的形態是べし。它接在動詞（不包括サ變動詞）以及動詞型助動詞的終止形下面，但接在サ變動詞語幹十す下面，相當於中文的**該、應該**。

読む→読むべきだ

見る→見るべきだ

決める→決めるべきだ

褒められる→褒められるべきだ

行かせる→行かせるべきだ

注意する→注意すべきだ

来る(く)→来る(く)べきだ

② 「べし」的活用

如前所述べきだ、べきです的來自古語推量助動詞べし，因此在這裡以べし為中心說明べきだ、べきです的活用。べし是按形容詞型活用；べきだ、べきです與指定助動詞だ、です的活用相同。

★終止形　用べし，在口語裡用べきだ、べきです。

○明日(あす)八時(はちじ)に全員集合(ぜんいんしゅうごう)すべし。／明天八點全體人員集合。

○こういう事(こと)は早(はや)く決(き)めるべきだ。／這種事情，應該早一點決定。

★未然形　べし的未然形用べから，後接文語否定助動詞ず，但常用ず的連體形ざる構成べからざる作連體修飾語用，表示**否定**。例如：

○無断(むだん)で持(も)ち出(だ)すべからず。／不准隨便帶出！

○当(あた)るべからざる勢(いきお)いだ。／真是勢不可當。

べきだ、べきです的未然形用べきだろ、べきでしょ後接う，構成べきだろう、べきでし

よう，表示推量。

○学生としてもっと勉強すべきだろう。

★連用形　べし用べく，後接用言，作連用修飾語用，表示**目的**、**當然**、**可能**；べきだ、べき

です也用べく作為書面語言用在口語中。

○彼を見舞うべく、病院を訪れた。／為了探他的病，來到了醫院。

○残るべくして残った。／因為該留，所以才留了下來。

べきだ、べきです的連用形比較複雜。

①用「べきで」，表示中止或後續「ない」作為「べきだ」、「べきです」的否定形式來

用。例如：

○それは自分で決めるべきではない。／那件事不應該由自己來決定的。

②用「べきだっ」後接「た」，表示「過去」或「完了」。例如：

○その時、君はもっと早く来るべきだった。／那時候，你應該更早一點來才對。

○若い時に、もっと勉強しておくべきだった。／年輕的時候，應該更用功才是。

★連體形　無論べし還是べきだ、べきです都用べき作連體修飾語來用，修飾下面的體言。例

如：

○来（く）るべきものがついにやって来（き）た。／該來的終於到來了。

○この事（こと）は本来（ほんらい）君（きみ）がやるべきなのだ。／這件事情本來就是你應該做的。

★沒有假定形、命令形。

③「べし」（べきだ、べきです）的意義

1　表示在理論上、道義上當然要做的事情或在自然界的規律上應有的狀態。相當於中文的「應該」、「該」。例如：

○来（く）るべきものがついにやって来（き）た。／該來的終於還是來了。

○車内（しゃない）では年寄（としよ）りや体（からだ）の不自由（ふじゆう）な人（ひと）に席（せき）を譲（ゆず）るべきだ。／在車上應該要讓座給老人或行動不變的人。

○信子（のぶこ）はこの間（あいだ）に幸福（こうふく）なるべき家庭（かてい）を作（つく）った。／信子最近組成了幸福的家庭。

2 表示意向、主張或目標相當於中文的「應該」、「要」等。例如：

○逮捕された学生は釈放を勝ち取るべきだ。／被逮捕的學生應該爭取獲得釋放。

這一用法經常用～べく作為補語來用，表示目的、目標。相當於中文的為了。例如：

○兄は美術を学ぶべく、フランスへ留学に行った。／

哥哥為了學習美術，到法國留學去了。

○生産性の向上を目指すべく、古いコークス炉を解体し、新築に踏み切った。／

為了提高生產率，決定把陳舊的炭爐拆掉重新打造。

3 表示命令或禁止命令。相當於中文的「要」、「不要」。

○汽車に注意すべし。／要注意火車。

○明日の朝八時に全員集合すべし。／明天早上八點，全體人員集合！

○市内の犬は必ず鎖に縛り付けて置くべし。／市内的狗一定套上狗鍊！

○勝手にごみを捨てるべからず。／不准隨便傾倒垃圾！

4 表示可能、價值、意義。可譯作中文的「可」、「可以」等。

○後悔すべき何物もなかった。／沒有什麼可後悔的。

○人間はいざという時には、おそるべき力を発揮するものだ。／

人在緊要關頭時，會發揮出可怕的力量的。

○ちょっと辺りを見回したが、口に入れるべき何物もなかった。／

往周圍看了一看，完全沒有可以吃的東西。

○小屋には火鉢はなかった。火を焚くべき場所もなかった。／

小房子裡沒有火盆，連可以烤火的地方也沒有。

○そこは資源に乏しいため、見るべき工業はほとんどなかった。／

在那裡由於缺乏資源，沒有什麼值得一看的工業。

第十三章　意志助動詞う、よう、まい

1 意志助動詞「う」、「よう」

う、よう也有人稱之為推量助動詞，まい有人稱之為否定推量助動詞，但是考慮う、よう現在用來表示推量的時候較少，而用來表示意志、決心的時候較多；まい也有表示意志、決心的用法，因此本書一併稱之為意志助動詞。

它是特殊的無變化助動詞之一，也就是它們只用う或只用よう這一形態，而沒有其他的形態變化。

① 「う」、「よう」的接續關係

う接在五段活用動詞、形容詞、形容動詞以及助動詞ない、たい、た、だ、ます的未然形下面，よう接在其他動詞即助動詞れる、られる、せる、させる的未然形下面。例如：

行く→行こう

起きる→起きよう

考える→考えよう

来る→来よう

運動する→運動しよう

褒められる→褒められよう

行かせる→行かせよう

買う→買おう

美しい→美しかろう

静かだ→静かだろう

ない→なかろう

たい→たかろう

ます→ましょう

本だ→本だろう

② 「う」、「よう」的活用及其意義

う、よう只有終止形和連體形。終止形、連體形兩者形態相同，但意義稍有不同。

1 「う」、「よう」的終止形

終止形分別用う、よう，表示下面幾種含義：

① 表示意志和決心　用在句末講自己的想法時，表示自己的意志和決心。相當於中文的

「…吧！」。

○じゃ、私も行こう。／那麼我也去吧！

○今日こそ両親に手紙を書こう。／今天來給爸媽寫信吧！

○足りない所を少し話そう。／我來補充一些不足的地方吧！

○よろしい。私が引き受けましょう。／好，我接受！

○明日家を移ろうと思います。／我想明天搬家。

○私はいくら苦しくても最後までやり抜こうと決心した。／

我決定無論再怎樣痛苦也要堅持到最後。

○私も家を移ろうと思う、と考える、と決心する　來用，表示 **我想**…。例如：

也可以在下面接と思う、と考える、と決心する來用，表示 **我想**…。例如：

在講聽話者或第三者的意志時，則多下面用～と思っている、と考えている、と決心し

ている。

○彼も家を移ろうと思っています。／他也想搬家。

○君はどこへ旅行に行こうと思っていますか。／你想到哪去旅行呢？

○政府は公定歩合を更にあげようと考えています。／政府在考慮進一步提高公定利率。

②表示動誘惑請求　表示勸誘對方或徵求對方同意，這樣講時對象也包括說話者在內。相當於中文的「一起…吧」。

○さあ。皆で歌おうよ。／喲！大家一起唱吧！

○皆でよく考えてみよう。／大家好好想一想吧！

○そろそろ出掛けよう。／我們該出發了吧！

○ひと休みしよう。／休息一下吧！

還可以用在表示宣導的場合。

○交通規則を守ろう。／遵守交通規則吧！

○悪い癖をなくそう。／把壞習慣丟掉吧！

③表示推量　表示說話者對客觀事物的推量。但在實際語言生活中，往往用「だろう」來代替「う」、「よう」。可譯作中文的「吧」。

○昨日の映画は面白かったろう。（○面白かっただろう）／昨天的電影很有意思吧！

○もうすぐ雨が降ろう。（○降るだろう）／馬上就會下雨吧！

○この事は次のようにも考えられよう。（○考えられるだろう）／

この件事可以如下考量吧！

○友達が僕の帰りを待っていよう。（待っているだろう。）／朋友在等著我回去吧！

④表示疑問或反問，這時多用「～うか」、「～ようか」，也可以換用「～だろうか」。

相當於中文的「…嗎？」例如：

○そんな馬鹿な事があろうか（○あるだろうか）。／有那種蠢事嗎？

○彼の言った事は間違っているのではなかろうか。（ないだろうか）／

他說的沒有錯嗎？

○そんな事は誰だって黙って見ていられようか。（○いられるだろうか）／

這種事誰能默不作聲得看呢？

2　「う」、「よう」終止形構成的慣用型

①「～うとする」、「～ようとする」前者接在五段活用動詞、後者接在其他活用動詞的意志動詞的未然形下面，表示主語即將採取某種行動。相當於中文的「將要…」、「剛

要…」。

○バスに乗ろうとして財布のないのに気が付いた。／要搭公車，才發現沒有帶錢包。

○いくら注意してもやめようとしない。／無論怎麼警告他，他就是不停止。

○やつは逃げようとしても逃げられなかった。／他想逃也逃不了。

引申接在無情物的無意志動詞下面，表示即將出現某種情況。相當於中文的**將**…。

○日が暮れようとしている。／太陽要下山了。

○囲炉裏の火は消えようとしている。／火爐的火要滅了。

○花も一斉に開こうとする気配である。／看樣子花即將一齊開放。

② 「…う∨よう∨と（は）動詞ない」　「と」是表示指定的格助詞，後接「想」、「說」之類的動詞，表示「（未曾）料到」等。相當於中文的「沒有想到…」。

○彼と結婚していようとは全く思いもかけませんでした。／完全沒有想過要和他結婚。

○私もこんな事になろうとは夢にも思わなかった。／我做夢也沒有想到事情會變成這樣。

③「…う∨と（も）逆態接續」

態接續條件，表示「即使…也…」。相當於中文的「無論…也」。

○如何なる問題が起きようとも、私の決心は変らないんだよ。／

無論發生什麼問題，都不會改變我的決心。

○自分の家でどこを歩こうと、私は誰にも許可をうる必要はないんだ。／

在自己家裡不管想怎麼走，都沒有必要得到任何人的許可。

④「…う∨と同一動詞よう∨と…」「…う∨う∨が同一動詞よう∨が…」上述兩個句型意

思、用法相同，都表示「～しても～しても…それは同じだ」的意思。相當於中文的「不論…

還是…都…」。

○バスで行こうと、自転車で行こうと、皆さんの自由にしてください。／

不論坐公車，還是騎自行車，請大家自便。

○パンであろうと、ケーキであろうと、食べる物なら何でも結構です。／

不論是麵包還是蛋糕，只要是吃的什麼都可以。

○映画を見ようが、劇を見ようが、何でもお伴いたします。／

不論看電影還是看戲我都陪你去。

○先生に言おうが、友達に言おうが、そんな乱暴な言葉を使うのはよくありません。

不論是跟老師講話，還是跟朋友講話，使用那種粗魯的語言就是不好。

3 「う」、「よう」連體形的意義、用法

う、よう的連體形與終止形相同，分別是う、よう，它們雖稱作連體形，但只能修飾一些形式體言（形式名詞），如こと、もの、はず等，構成各種慣用型來用，因此要根據慣用型的意義譯成中文。

①「…よう∨はずがない」 接在動詞、部分助動詞的未然形下面，與「当然そうである」的意思相同，表示根據常識、道理以強烈的口氣，來推斷那種情況不可能發生，不可能存在。相當於中文的「不會…」。例如：

○そんな事のあろうはずがないよ。／不會有那種事的！

○私のする事、どこが悪いのか、分かろうはずがない。／我做的事情，哪裡不好，我是不會知道的。

○日本語も習ったこともないのだろう。日本語が話せようはずがない。／

日語學都沒學過，是不可能會說日語的。

○いくら農業技術が発達しているといっても東京辺りでバナナができようはずがない。／不論農業再怎麼發達，也不可能在東京種植香蕉。

②「…よう∨ものなら…」　接在動詞、部分助動詞的未然形下面，構成順態假定條件，然後講出述語的情況，但述語多是消極的、否定的內容。相當於中文的「如果…那…」。例如：

○大事な盆栽だよ。ひっくり返してもしょうものなら、それは大変だよ。／

這是盆貴重的盆栽喔，如果摔到了那就不得了了。

○僕からそんな話を持ち出そうものなら、てんで相手にせんよ。／

如果是我提出這個問題，他根本就不會理我的。

○うっかり手を離そうものなら、せんじんの谷底に落ちてしまうだろう。／

不小心鬆開了手的話，會掉到萬丈深淵裡去吧。

③「なろうことなら…」 「なろう」是動詞「なる」的未然形後接「う」，再後接「こ

となら」構成的，用它來做順態假定條件。相當於中文的「可能的話…」

○なろうことなら、一生 おそばにいたい。／
　　　　　　　　　 いっしょう

如果可以的話，我希望一輩子守在你的身旁。

○なろうことなら、今年一杯居てもらいたいんだがね。／
　　　　　　　　　 ことしいっぱい い

可能的話，我希望你住在這裡一年。

④「あろうことか〜」 「あろう」是由「ある」的未然形後續「う」構成的，「あろ

うことか」形成一個反問句，含義是肯定的，表示居然有這樣的事。相當於中文的「居然

有…」。

○あろうことか、あの小娘も秘密を持っております。／那個小女孩兒居然也有秘密。
　　　　　　　　　 こむすめ ひみつ も

○あろうことか、生徒が先生を殴ったなんて。／學生打老師，居然有這種事。
　　　　　　　　　 せいと せんせい なぐ

有時也用あろうことかあろうまいことか，也表示相同的意思。相當於中文的居然…。

○あろうことかあるまいことか、十五歳の少女が恋愛し始めたそうだ。／
　　　　　　　　　　　　　　　 じゅうごさい しょうじょ れんあい はじ

十五歳的小女孩就開始戀愛了，居然有這樣的事。

⑤「〜ともあろうものが…」

「と」是表示指定的格助詞，接在名詞下面，構成「名詞

ともあろうものが…」與「〜とも言われるものが…」的意思相同，多作主語來用。相當於中

文的「身為…的人，居然…」。

○校長先生ともあろうものが、パチンコにこるなんて。／

身為校長，居然迷上打柏青哥。

○大学教授ともあろうものが、中学生も教えられないと不思議ではないか。／

身為一個大學教授，居然無法教中學生，這不是很奇怪嗎？

② 否定意志助動詞まい

まい也有人稱之為否定推量的動詞，它也是日語助動詞中無變化的助動詞之一，也就是只用まい這一形態，而沒有其他形態變化。它是意志動詞う、よう的否定形式，因此本書將它稱為**否定意志助動詞**，列入意志助動詞一章加以說明。

① 「まい」的接續關係

它的接續關係比較複雜。

①**接在五段活用動詞以及「ます」的終止形下面。**

下（くだ）さる→下（くだ）さるまい

読（よ）む→読むまい

下（くだ）る→下（くだ）さるまい

② 接在其他活用動詞以及助動詞れる、られる、せる、させる的連用形下面。

見る→見まい

なまける→なまけまい

来る→来まい

する→しまい

但来る在下面接まい時除了在上面講到的用来まい以外，還可以用くるまい、こまい；す

る除了用しまい以外，還可以用するまい、せまい。

参加する→参加しまい

叱られる→叱られまい

読ませる→読ませまい

② 「まい」的活用及其意義

まい也只有終止形和連體形，兩者也是形態相同，意義稍有不同。

1 「まい」的活用及其意義

終止形まい，表示下面幾種含義：

① 表示否定意志或決心 與「ない」的意思相同相當於中文的「決不…」。

○こんな過ちは決して二度と繰り返すまい。／這樣的錯誤，我決不再犯。

○つまらない事は考えるまい。／無聊的小事我不考慮。

○今度は失敗しまいと思ったがまた失敗した。／我以為這次不會失敗了，可是我錯了。

○食べ過ぎまいと思っていたのに。おいしいので食べ過ぎてしまった。／我在想不要吃多了，可是因為好吃，所以還是吃撐了。

②表示否定的勸誘或否定的請求 與「～ないようにしよう」意思相同，相當於中文的

「不要…」。

○過ぎ去った事はくよくよ考えるまい。／已經過去的事情，不要老放在心上！

○さあ、これからお互いに怠けまい。うんと勉強しましょう。／

那麼今後我們別再怠惰了，努力用功吧！

○どうか私も仲間に入れてもらえまいか。／可否讓我也參加呢！

○そんな事を言うまいぞ。／別那麼說啊！

まい下面接終助詞ぞ時，則表示禁止。相當於中文的**不要**…。例如…

○過ちを二度と繰り返すまいぞ。／不要再重蹈覆轍啊！

③表示否定的推量。相當於中文的「…吧」。

○試験はそれほど難しくあるまい。／考試沒那麼難吧！

○明日になっても小雨はやむまい。／到明天這綿綿細雨也不會停。

○問題は複雑だから、そんなに簡単に解決できまい。／問題很複雜，不是那麼簡單就能解決的吧。

○この程度の資料では結論的なことは言えますまい。／單靠這些資料，恐怕得不出結論吧。

④表示疑問或反問，這時句末多用終助詞「か」。相當於中文的「…呢」、「…嗎」。例如：

○できる人はいまいか。／有人會嗎？

○先生に質問されまいかとどきどきしている。／老師會不會問我到呢？緊張得我心裡噗通噗通得跳。

2 「まい」終止形構成的慣用型

① 「〜まいとする」 「まい」是「う」、「よう」的否定形式，因此「〜まいとする」則是「〜ようとする」的否定形式，表示下決心不要出現某種狀況。相當於中文的「不要…」、「不想…」。

○ 弟 もお兄さんに引けを取るまいとして朝から晩まではりきっています。
弟弟不想落後於哥哥，從早到晚得努力。

○ 私たちは定刻に遅れまいとして、急いで波止場にやってきた。／
為了趕上開船時間，我們急急忙忙地趕到了碼頭。

○ 舶来品を買わせまいとしても、それは無理である。 舶来は品質がいい物だから。
禁止人買進口貨是不可能的。因為進口貨的品質好。

② 「〜まいし」 這裡的「まい」表示推量，「し」是接續助詞，表示原因。「〜まいし」多接在「〜でもある」下面，構成「〜でもあるし」，表示「又不是…」。相當中文的「又不是…（所以）…」。例如：

○ 子供でもあるまいし、自分でできます。／我又不是小孩子，我自己會做。

○ 女でもあるまいし、なぜそんなに派手な服を着るのか。／

又不是女人，為什麼穿那麼花俏的衣服？

○分（わ）からないのでもあるまいし、どうして答（こた）えないのですか。／

又不是不懂，為什麼不回答呢？

③「…（よう）が同一個動詞まいが…」「…（よう）と…同一個動詞まいと…」兩者

的意義、用法相同，都相當於中文的「不管…還是…」、「…還是…」。例如：

○しようがしまいが、私（わたし）の勝手（かって）です。／做還是不做是我的自由。

○他（ほか）の人（ひと）が買（か）おうが買（か）うまいが、私（わたし）にかかわりない事（こと）で…。／

旁人買還是不買，和我沒有關係。

○物（もの）は試（ため）しだから、できまいと、やってみるがいい。／

東西成功或不成功都是做了才知道。

○人（ひと）が見（み）ていようと、見（み）ていまいと、不正（ふせい）な事（こと）はすべきではない。／

不論人們有沒有看見，都不應該做不正當的事情。

2 「まい」連體形

こと、もの、はず等構成慣用型來用。因此要根據慣用型的意思譯成中文。

それ體形也用まい。

それ雖然也用連體形，但它和助動詞う、よう一樣，也只能修飾少數形式體言（形式名詞）

①「～まいものでもない」、「～まいことでもない」 兩者基本相同，都接在動詞下

面，與「～になる可能性がないわけではない」的意思相同，表示不是沒有某種可能性。相當

於中文的「不見得…不…」。

○明日中に完成しまいものでもない。／不見得明天完成不了。

○途中で病気になるまいものでもないから、薬を忘れないように。／

　說不定會在途中生病之類的，所以不要忘了帶藥！

○一生懸命に努力したら成功しまい事でもない。／

　拚命努力的話，也不見得會失敗。

②「あろうことが、あるまいことか…」、「なろうことか、なるまいことか…」兩者

都多放在句首或放在句子中間，作提示語來用，都表示所發生的事情是不能允許的、荒唐的、

或者是不盡情理的事情，都含有強烈責難的語氣。前者含有「能有這種事嗎？」後者含有「行

嗎」的意思，可根據前後關係適當地譯成中文。

○あろうことか、あるまいことか。

　你怎能這樣胡說八道？

○あろうことか、あるまいことか。お前はよくもまあ、あんなでたらめが言えたものだ。／

○あろうことか、あるまいことか、乳飲み児をおいて家を出てしまった。／

　你這樣對嗎？把嬰兒丟在家裡就這樣出去了。

○そんな自分勝手な事が、なろうまいことか、考えてみろ。／

　那麼自私任性的事，你自己想想這麼做對嗎？

第十四章　過去助動詞た（だ）

1 過去助動詞た（だ）

過去助動詞た（だ），有的學者稱之為**時間助動詞**，表示某種動作、作用或某種狀態已經實現。它是特殊活用型助動詞，既不同於動詞的活用、形容詞的活用，也不同於形容動詞的活用。

① 「た」（だ）的接續關係

接在動詞、形容詞、形容動詞以及各種類型的助動詞（不包括う、よう、まい）的連用形下面。但接在五段活用動詞下面時，大部分要使用音便：

①バ行、マ行、サ行的連用形要發生撥音便，即「ん」下面的「た」變成「だ」。

遊
あそ
ぶ→遊
あそ
び→遊
あそ
びた→遊
あそ
んだ

②カ行（不包括「行く」）、ガ行動詞連用形要發生「い音變」，即變成「い」，而「ガ行」下面的「た」要變成「だ」。

書く→書きた→書いた　　泳ぐ→泳ぎた→泳いだ

③ラ行、ワ行、タ行以及カ行「行く」的連用形要發生促音便，即變成「っ」。

思う→思いた→思った

降る→降りた→降った　　立つ→立ちた→立った

行く→行きた→行った

サ行五段活用動詞、其他活用動詞、以及形容詞、形容動詞、助動詞等都直接在連用形下面，不發生音便。

話す→話した　　起きる→起きた

出掛ける→出掛けた　　来る→来た

する→した　　勉強する→勉強した

其他形容詞、形容動詞、助動詞接在連用形下面。

読む→読みた→読んだ

死ぬ→死にた→死んだ

② 「た」的活用形

它屬於特殊型活用助動詞，只有未然形、終止形、連體形、假定形，而沒有連用形、命令形。

読ませる→読ませた

行ける→行けた

褒められる→褒められた

静かだ→静かだった

美しい→美しかった

書かない→書かなかった

よくない→よくなかった

行きたい→行きたかった

来る→来た

★ 終止形　用た結句或後接が、から等助動詞以及傳聞助動詞そうだ等。

○ 昨日学校へ行かなっかた。／昨天沒有上學。

○ 去年の今頃、よく雨が降った。／去年現在這個時候，經常下雨。

○ 風邪が止んだが、雨がまだ降りつづいている。／風停了，可是雨還繼續地下。

★ 未然形　用たろ後接う表示推量。但在實際生活中，多用動詞＋だろう來表達相同的意思。

○登山隊はもう出発したろう（○しただろう）／登山隊已經出發了吧。

○雨がもう止んだろう（○止んだだろう）／雨已經停了吧！

它沒有否定法，因此不能後接ない。

★**連體形**　用た修飾下面體言或後接ので、のに等。

○買い物に行った時、偶然中学校の友達にあった。／

出去買東西的時候，偶然遇見了國中同學。

○雨が止んだので、すぐ出かけた。／因為雨停了，所以立刻就出發了。

★**假定形**　用たら構成順態假定條件或順態確定條件等。

○一緒に帰ったらどうですか。（假定條件）／要一起回去嗎？

○今交渉したら成功するだろう。（假定條件）／現在談判的話，會成功的吧。

○電車が止まったら、乗っていた人が降り始めた。（確定條件）／

電車一停，乘客就開始下車。

③「た」的意義、用法

1 表示過去的動作、狀態等　多用來講過去經驗過的事實。這是「た」的基本用法。相當於中文的「…了」，有時翻譯不出來。

○そのころ私は新竹に住んでいた。／那時我住在新竹。

○昨日ずいぶん歩いたので疲れた。／昨天走了很久，所以累了。

○二三年前はその辺は一面に花が咲いていて、とても美しかった。／兩三年前在這一帶開滿了花，非常美麗。

○兄は二年前労働者だったが、それから大学に入った。／哥哥兩年前是個工人，之後進了大學。

2 表示動作、作用或狀態的完了　即表示某種動作、狀態在講話之前結束或完成。也相當於中文的「…了」。

○あ、そうか。やっと分かった。／阿、這樣啊，我終於懂了。

○夜になると、気温はぐっと下がった。／到了夜間，氣溫一下子下降了好多。

○三週間かかってやっと論文を書き上げた。／用了三個星期才寫完了論文。

○今、私は帰って来たばかりです。／我剛剛才回來。

有時候某種事情並未完了，但它的完了是確定不疑時，也可以用た，表示完了。例如：

○試合はまだ終らないが、優勝はもう決まったよ。／比賽還沒有完，但勝負已經定了。

○一週間たっても返事がないところを見ると断られた。／過了一週也沒有回信，看樣子對方是回絕了。

3 以「～たとき」等形式出現，表示未完了　即表示某種動作或狀態將來可能實現的時候相當於中文的「…了的時候」。

○急がないから、今度会った時に返してください。／不急，下次見到的時候再還給我吧！

○万一乗り遅れた時はどうしようか。／萬一沒趕上怎麼辦？

○このダムの築造が完成した時、下流一帯はもう洪水に脅かされることはないでしょう。

這座水壩修建完成時，河的下流一帶就不會再受洪水侵襲的威脅了吧。

4 表示存在狀態　它以「た」的連體形做連體修飾語與來用，表示某種狀態。

它有下面幾種情況：

① 金田一春彦教授所提出的第四類動詞，如「太る」、「やせる」、「年取る」、「すぐれる」、「劣る」、「よごれる」等作連體修飾語時，多用「動詞連用形た」來表示狀態。

○太った子供／胖孩子

○痩せた老人／痩老頭

○濁った水／污濁的水

○澄んだ湖／清澄的湖水

○聳えた山／高聳的山峰

○禿げた頭／禿頭

○優れた成績／優秀的成績

思相同。

②瞬間動詞作連體修飾語時，用「～た」表示動作結果的持續，這時與「～している」意

○衰えた老人／衰弱的老人

○歯のかけたお爺さん／缺了牙的老爺爺

○薄化粧をした婦人／化了淡妝的婦女

○白髪になった老人／白頭髮的老人

○眼鏡をかけた学生／戴著眼鏡的學生

○帽子をかぶった青年／戴著帽子的青年

○作業服を着た若者／穿著作業服的年輕人

③形容動詞用「～とした」作連體修飾語，表示某種狀態。

○広広とした原野／廣闊的草原

○洋洋とした海／一望無際的海洋

○確固とした信念／牢固的信念

○断固とした態度／斷然的態度

以上是た的主要意義用法，有時也用下以的一些特殊方法。

④**表示感嘆或加強語氣。相當於中文的「…啦」、「…了」等。**

○お世話になりまして、ありがとうございました。／受你關照了，謝謝你了！

○これはこれは、すいませんでした。／唉呀！唉呀！對不起阿！

⑤**表示對事物的重新認識或用以加強語氣、加以證實。**

○分かった。分かった。この道を行くのだ。／知道了，知道了，從這條路走。

○それはよかった。よかった。／那太好了！太好了。

○そうか、今日は僕の誕生日だったか。／對耶！今天是我的生日啊！

○明日は日曜日だったか。／明天是星期天啊！

○あの方は君の兄さんだったか。／那位是你的哥哥啊！

⑥**表示自己的決心。有時譯作中文的「…了」。**

○よし、これを買った。／好，這個我買了。

○もう煙草をやめた。／我戒煙了。

⑦**表示命令。根據前後關係適當地譯成中文。**

○ちょっと待った。／等一等！

○さあ、来た。／喂！來吧！

○もう、帰った。／該回去了！

上述⑤⑥⑦⑧項裡例句中的た，都是既不表示過去、完了，也不表示存在狀態，但都用了た，這對我們來說是比較難以理解的，但在日語裡，上述一些情況都是要用た的。

② たらとなら

たら是た的假定形，口語，使用範圍廣，因此用法較複雜，有必要進一步說明。

① 「たら」的接續關係

既構成順態假定條件也構成順態確定條件，並它本身並不能表示出假定或確定，而要根據句子的前後關係來確定是假定還是確定。

1 「たら」構成順態確定條件

用たら連接前後兩項，前項的たら含有某一行為、動作完了的意思，而後項以過去式た結尾，這時的條件句則成為順態確定條件。它有下面兩種使用情況。

① 前後兩項是不同的兩個動作主體（即兩個主語），它們之間的關係不是有意安排，而是偶然的巧合，因此後項多是一些偶然發生的，意想不到的事、意想不到的事情。大致與「〜た とき」意思相同。相當於中文的「…時候」，有時譯不出來。

○ 三木首相が講壇に上がったら嵐のような拍手が起こった。／我一下火車，弟弟就來接我了。

○ 汽車を下りたら、弟が出迎えに来ていた。／

○ 家に帰ったら、兄や弟はもう帰っていた。／我回家的時候，哥哥和弟弟已經回來了。

○ 三木首相が一登上講台，就響起了如雷般的掌聲。

② 前後兩項是同一個動作主體（即同一個主語），這時後項的動作既可以是有意進行的，也可以不是有意進行的巧合。這時也與「〜たとき」意思大致相同。相當於中文的「…時候」，有時也譯不出。

○ 昨日新宿へ行ったらいい映画をやっていたので見た。／昨天到新宿去，看了部好電影。

○ この前李さんと卓球をやったらさんざんあいつに負かされた。／

前幾天和李先生打桌球，我輸得一敗塗地。

○ずいぶん疲れたので、家に帰ったらすぐ寝た。／因為很累，所以回到家馬上就睡了。

③前項裡用了指示代名詞「こんな」、「そんな」、「あんな」與「たら」在一起用在條件句裡，也表示順態確定條件。例如：

○そんなに暑かったら上着を脱ぎなさい。／那麼熱的話，就把上衣脱下來吧！

○そんなに欲しかったら持っていってください。／你那麼想要的話，就請拿去吧！

なら不能構成順態確定條件，因此上述一些句子只能用たら，而不能用なら。

2 「たら」構成順態假定條件

たら是過去助動詞た的假定形，因此含有較強的完了性，表示假如…完了，那就…，而後項的句子多是表示命令、意志、容許、拜託等內容。相當於中文的**假若…、如果…**。

○雨が降り出したら早く帰って来なさい。／如果下雨的話就快回來吧！

○値段が安かったら買いましょう。／價錢便宜的話就買吧！

○東京へ行ったら、このお土産を田中先生にお渡しください。／
到了東京的話，請把這禮物交給田中老師。

○菊の花が咲いたら、切って持ってきてあげましょう。／
如果菊花開了，我再剪下送你吧。

○もし手摺がなかったら、足を滑らしてしまうかもしれない。／
如果沒有欄杆的話，可能會腳滑踩空。

② 「たら」與「なら」的區別

なら也可以構成順態假定條件，但なら使用範圍很小，它一般在下面這種情況下使用。

1 前後兩項關係

なら前項的動作，在後項動作之後或同時進行。例如：

○ハイキングに行くなら、母に言ってください。／
要去郊遊的話，先告訴媽媽一聲！

○帰るなら、一緒に帰りましょう。／
要回去的話，就一起回去吧！

時進行。

而用たら時，由於たら的た表示動作的完了，因此前項的動作是在後項動作之前進行或同

○ハイキングに行ったら中学校の友達に会った。／郊遊的時候，遇到了國中同學。

○家へ帰ったら、家には誰もいなかった。／回到家的時候，家裡一個人也沒有。

這是なら與たら的最大區別。除了這一不同之外還有下面幾點不同：

2 「なら」要求前項的主語是第二人稱「你」或「你的想法」等。例如：

○この本を読むなら貸してあげます。／你想看這本書的話我借給你。

○買いたいなら買ってもいいです。／你想買的話也可以買。

但たら前項的主語倒不一定是你或你的想法。它可以是其他的人或其他的事物。

○彼が来たら、彼と相談しなさい。／他如果來了，你和他商量一下。

○値段が高くなかったら買ってもいいです。／價錢不貴的話，也可以買。

3 構成陳述條件

所謂陳述條件，就是在述語部分使用いい、いけない、だめ、どうか等單詞所要求的條件。它一般用～たらいい、～たらいけない、～たらだめだ、～たらどうか等表示容許、禁止、或疑問，這時一般不用。

○一緒に行ったらどうですか。／要不要一起去？
○動かしたらだめよ。／不要動到它啊！
○壊したらいかんよ。／弄壊了可不行啊！
○物価がもう少し安かったらいいなあ。／物價再低一點就好了！

4 構成提示條件

所謂提示條件，即用在句首用以提示某一話題（如某一事物、某一情況）。這時可以用だったら，也可以用なら。例如：

○日本のことだったら（○なら）、于先生はよく知っている。／關於日本的情形，于老師知道的很多。
○映画の俳優だったら（○なら）、僕は高倉健が好きだ。／

電影明星中，我喜歡高倉健。

以上是たら與なら的主要的異同。

第十五章 丁寧助動詞ます

丁寧助動詞只有一個ます，它構成鄭重而規矩的句子，因此稱為丁寧助動詞（中文有人譯作**鄭重助動詞**）。有的語法書上將です也列為丁寧助動詞之一，本書從他的含義來考慮，將他列入了指定助動詞。

1 ます的接續關係

ます接在動詞、動詞型助動詞（如れる、られる、せる、させる等）的連用形下面。例如：

読む→読みます

考える→考えます

来る→来ます

勉強する→勉強します

ほめられる→ほめられます

行ける→行けます

立たせる→立たせます

但接在特殊五段活用動詞ござる、なさる、くださる、いらっしゃる、おっしゃる的連用形下面時，它們的連用形り要音便成為い。例如：

ござる→ございます→ござります→ございます

なさる→なさいます→なさります→なさいます

くださる→くださいます→くださります→くださいます

いらっしゃる→いらっしゃいます→いらっしゃります→いらっしゃいます

おっしゃる→おっしゃいます→おっしゃります→おっしゃいます

看一看它們的使用情況：

○野村先生はいらっしゃいますか。／野村老師在嗎？
の むらせんせい

○校長先生がたびたびそうおっしゃいました。／校長經常這麼說。
こうちょうせんせい

○校長先生は自分で部屋の掃除をなさいました。／校長自己打掃了房間。
こうちょうせんせい　じ ぶん　へ や　そう じ

○内山先生はもう説明してくださいました。／内山老師已經為我做了說明。
うちやませんせい　　　せつめい

② ます的意義及用法

ます没有更多的含義，只是將所接的動詞、助動詞講的更鄭重、規矩一些，因此有ます的句子則稱為**敬體**。例如：

○私は毎日新聞を読む。→私は毎日新聞を読みます。／我每天看報紙。

○こちらへ来てもう二年になった。→こちらへ参りましてもう二年になりました。

來到這裡已經兩年了。

○相手は英語が分かるから英語で話をした。→相手は英語が分かりますから、英語で話をしました。／因為對方懂英語，所以就用英語來交談了。

上述後面用ます、まして、ました的句子都比前面沒有用ます的句子要鄭重、規矩，因此使用敬語的句子多用ます來表達，另外在演講中也經常使用ます形講話。

③ ます的活用

ます有六個活用形，每一個活用形都用。

★ 終止形　用ます，除了用來結束句子外，還可以在下面接から、が、けれども、と、も等接續助詞。

○お早うございます。／早安！

○風
<ruby>かぜ</ruby>
も吹
<ruby>ふ</ruby>
きますし、雨
<ruby>あめ</ruby>
も降
<ruby>ふ</ruby>
ります。／又颳風，又下雨。

○日曜日
<ruby>にちようび</ruby>
は家
<ruby>うち</ruby>
におりますから、遊
<ruby>あそ</ruby>
びにいらっしゃい。／星期天在家，請你來玩！

★ 未然形　ませ和ましょ兩個。

① 「ませ」下面接否定助動詞「ぬ」的音便形「ん」，即構成「ません」，表示否定。

○それはまだ存
<ruby>ぞん</ruby>
じません。／那件事我還不清楚。

○彼は何も言いませんでした。／他什麼也沒有說。

②「ましょ」後接「う」構成「ましょう」，表示意志、勸誘。

○では、始めましょう。／那麼我們開始吧！

○じゃ、明日買いましょう。／那麼明天再買吧！

★連用形　用まし後接助動詞た表示過去或完了。也可以接て、ても、ては，表示接續。

○ずいぶん涼しくなりました。／很涼爽了。

○わざわざお見送りくださいまして、ありがとうございました。／

　讓你專程來送我，謝謝你了。

★連體形　用ます，後接體言或ので、のに。但在實際生活中用～ます＋ので、のに時候較少，多用動詞（或助動詞）連體形來代替它，只是在演講時，或是使用敬語來講話時，使用ます的連體形。

○そう言いましても無理はございません。／他這麼說也不無道理。

○台北にいらっしゃいます時、ご案内いたします。／您來台北的時候，我來為您介紹。

○出発します時はお知らせいたします。／出發的時候，我會通知您。

○参加者は殆ど日本語が分かりますので、（私は）日本語で説明いたしました。／

因為參加的人都會日語，所以我用日語做了說明。

○山田先生はお酒が飲めますのに、どうして少しもあがりませんか。／

山田老師您很會喝酒，現在怎麼一點都沒喝呢？

★仮定形　用ますれば，但使用的時候較少，多用ましたら來代替它。

○そうなさいますれば（○ましたら）よろしゅうございます。／那麼做就可以了。

○お戻りになりましたら、ご聯絡ください。／你回來的時候，請告訴我一聲！

○明日來たら、分かるでしょう。／明天來的時候，就知道了。

★命令形　用まし，也用ませ，但它只接在敬語動詞なさる、くださる、いらっしゃる、おっしゃる等下面，表示命令。

○どうぞおあがりくださいませ。（○まし）／請進來吧！

○お名前をお書きなさいませ。（○まし）／請寫上您的名字！

○お暇な時に、遊びにいらっしゃいませ。（○まし）／在您閒暇的時候請來玩！

○ゆっくりおっしゃいませ。（○まし）／請你慢慢說！

另外也接在其他一些敬語動詞，如遊ばす、召す、召し上がる等下面。

○あれをごらんあそばしませ。（○まし）／請看那個！

○どうぞ、お風呂を召しませ。（○まし）／請洗澡！

○どうぞ、コーヒーを召しあがりませ。（○まし）／請喝咖啡！

① 參考

① 終止形、連體形有人用「まする」，它比使用「ます」更加鄭重規矩，但它是一種較舊的說法，現在不大常用。例如：

○私はさように考えまするが、諸君御批判をうかがいたいと存じます。／我的想法是這樣，希望諸位加以批判。

○さような事がございまする時は必ずご報告申し上げます。／如果發生這種事情，我一定會通知您。

② 在結束句子時，有人用「まして」代替「ました」；用「ませんで」來代替「ませんでした」。這樣講，語氣更加謙遜，並且尊敬聽話的對方。

○先ほど李さんからお電話がかかりまして。／剛才李先生有打電話過來。

○あいにく、課長がおりませんで。／不巧課長現在不在。

【　ら　】

【　わ　】

索引

本索引裡收錄了本書出現的助動詞及其有關的慣用型。且按日語
五十音即あ、い、う、え、お順序編排，方便讀音快速查閱。

〈修訂版〉 基礎日本語系列

　　基礎日本語系列叢書將日語語法分門別類，供有
日語基礎的讀者更深入了解各個文法的特性。此
系列在總說中會將該語法的架構詳細說明，再分
篇章一一分析，並以台灣日語學習者的角度進行
解說，易誤用的句型加以提點；透過大量的例句
減輕硬記文法的壓力，是一系列應付考試與日常
文法補給的好幫手。

新日本語能力試驗

N1 語法句型總整理

崔香蘭／總主編
王國華、禹鳳蘭／主編
定價 380元

新日本語能力試驗

N2 語法句型總整理

崔香蘭／總主編
王勝波、李東輝／主編
定價450元

N1、N2語法句型總整理將語法分類為「句型
解析」、「解題技巧」、「題例分析」、「
句型辨析」，每章後面附有「綜合練習」，
加強句型認知並靈活運用在各種試題上，可
用於考生自學複習，也可作為中高級學習者
的語法參考書。

日語助詞CAFE

精選51個生活日語最常用助詞，全書彩繪咖啡店氛圍。列舉700個生動短句，初學者也能輕鬆學好助詞。

舒博文／著
定價　280元（附MP3）

日本人的哈啦妙招！

擬聲擬態語

擬聲語和擬態語不僅能讓日語聽起來更加生動、親切，還可以拉近與日本人間的距離。本書挑選500多個擬聲、擬態語，用清楚明瞭的分類與編排，讓你一看就懂！不用硬背，就可以牢牢記住。

山本峰規子／著
定價　280元（附MP3）

日本人的哈啦妙招！
副詞輕鬆學 我的日語超厲害！（上）

本書內容分成「情感表達篇」與「說明事實與關係篇」。內容囊括與日本人對話時的主要情境，讓你與日本人對話零死角！會說日語不夠看，會說漂亮的日語才厲害！

FUKIKO YAMAMOTO／著
定價 370元（附MP3）

日本人的哈啦妙招！
副詞輕鬆學 我的日語超厲害！（下）

本書分成「推測事實與歸納篇」與「準確描述篇」。詳細解說日語對話中副詞的正確使用方式，說出一口好日語，連當地人都會對你的語彙能力刮目相看！

FUKIKO YAMAMOTO／著
定價 350元（附MP3）

メモ

メモ

編者簡介

趙福泉

1920年生，畢業於日本東京第一高等學校文科，日本京都帝國大學（現京都大學）經濟學部。回國後在外語學院從事日語教學工作40年。任日語教授、日語碩士研究生指導教授，曾出版多種有關日語字彙和文法書籍。

基礎日本語助動詞／趙福泉著. --二版.
-- 台北市：笛藤, 2013.06
面 ； 公分
ISBN 978-957-710-615-5（平裝）
1. 日語 2. 助動詞
803.165　　　　　　102010901

〈修訂版〉基礎日本語助動詞　　定價350元

2013年8月1日・第二版第一刷

著　　　者	趙福泉
總 編 輯	賴巧凌
編　　　輯	劉育秀・洪儀庭・徐一巧
封面設計	TAKA VISUALIZATION & GRAPHIC DESIGN
發 行 所	笛藤出版圖書有限公司
地　　　址	台北市中華路一段104號5樓
電　　　話	(02) 2388-7636 #19-22
傳　　　真	(02) 2388-7639
郵撥帳戶	八方出版股份有限公司
郵撥帳號	19809050
總 經 銷	聯合發行股份有限公司
地　　　址	新北市新店區寶橋路235巷6弄6號2樓
電　　　話	(02) 2917-8022・(02) 2917-8042
製 版 廠	造極彩色印刷製版股份有限公司
地　　　址	新北市中和區中山路二段340巷36號
電　　　話	(02) 2248-3904・(02) 2240-0333